全民微阅读系列

心花朵朵

XIN HUA DUODUO

胡玲 著

江西高校出版社
JIANGXI UNIVERSITIES AND COLLEGES PRESS

图书在版编目（CIP）数据

心花朵朵 / 胡玲著 . — 南昌：江西高校出版社，
2017.6
（全民微阅读系列）
ISBN 978-7-5493-5452-8

Ⅰ . ①心… Ⅱ . ①胡… Ⅲ . ①小小说 — 小说集 — 中国
— 当代 Ⅳ . ①I247.82

中国版本图书馆 CIP 数据核字（2017）第 111489 号

出 版 发 行	江西高校出版社
社 址	江西省南昌市洪都北大道 96 号
总编室电话	（0791）88504319
销 售 电 话	（0791）88592590
网 址	www.juacp.com
印 刷	北京一鑫印务有限责任公司
经 销	全国新华书店
开 本	700mm×1000mm 1/16
印 张	13.5
字 数	152 千字
版 次	2017 年 6 月第 1 版 2020 年 7 月第 2 次印刷
书 号	ISBN 978-7-5493-5452-8
定 价	36.00 元

赣版权登字-07-2017-474

日益崛起的岭南小小说
——《岭南小小说文丛》总序

杨晓敏

　　近年来,岭南小小说在申平、刘海涛、雪弟、夏阳、许锋等人的大力倡导下,涌现出一批又一批的小小说热爱者,他们中间有成熟作家、评论家,也有后起新秀,他们的写作或深刻老道或清浅稚嫩,却无一不表现出一种蓬勃向上的喜人态势。今天的岭南小小说也可说春光旖旎,风光无限,老枝新叶,次第绽放新颜。《岭南小小说文丛》这套丛书,可谓近年来岭南小小说创作的一次集体大检阅,名家新锐,聚于一堂。入选的众多作家,来自不同的行业领域,对生活与艺术有着各自的观察切入点和表现力,其作品自然各具特色、各臻其妙。

　　广东已成为全国小小说创作强省之一:2010 年在惠州创建"中国小小说创作基地";2013 年打造"钟宣杯"全国优秀小小说"双刊奖";2012 年著名作家申平先生被聘为《小说选刊》小小说栏目特约责任编辑,同年,惠州学院文学与传媒学院成立了小小说创作研究中心;2016 年成立了广东省小小说学会,还有广州、佛山、东莞等地活跃的小小说学会等。一些有能力、有责任感的小小说倡导者,逐步健全组织机构,发展壮大队伍,坚持定期举办笔会,推新人、编选集、搞联谊、设奖项。这些举措不断激励着广大写作者的创作热情,绩效卓异,引起了全省乃至全国更大范围的关注,引领出了一支数以百计的小小说作家队伍。这支队伍先后出版小小说作品集和理论著作数百部,涌现出申平、刘海涛、韩英、林荣芝、何百源、夏阳、雪弟、许锋、韦名、朱耀华、吕啸天、李济超、肖建国、海华、石磊、陈凤群、陈树龙、陈树茂、阿社等一大批在全省、全国产生影响的小小说作家、评论家,先后荣获小小说领域最高荣誉"金麻雀奖"以及"蒲松龄微型文学奖""全国小小说优秀作品奖""冰心儿童图书奖"等,并且获得"小小说事业推动奖""小小说星座""明日之星"等荣誉称号。《头羊》《草龙》《记忆力》《捕鱼者说》《马不停蹄的忧伤》《蚂蚁蚂蚁》《爷父子》《最佳人选》等不少作品被选入各类精华本、语文教材以及译至海外,成为广大读者耳熟能详的精品佳作。

能把故事尤其是传奇故事讲得一波三折、九曲回肠、跌宕起伏又不纯粹猎奇,不能不说是写作者赢得读者青睐的一种有效手段,事实上有不少小小说写作者都因此而取得成功。广东的小小说领军人物申平深谙此道。近些年在南方的生活打拼,使他对文学的理解愈加成熟。他说,故事与小说的差异在于,前者是为了故事而故事,后者是故事后面有故事——回味无穷。现实生活中会有不同的故事,而要成为小说,则需要作家在生活中提干货、取精华,在故事这个"庙"里,适当造出一个"神"来。我以为作者所说的这个"神",实际上就是文章的"立意"。这是作家从创作实践中悟出的真知灼见。申平是国内著名小小说作家,作品诙谐幽默,主题深刻,特别在动物小小说创作方面独树一帜,深受读者好评。此次申平推出了自己 2012 年至 2016 年期间发表的作品精选,这 80 篇作品可以清晰地看到作者这几年的思考和跨越,"头羊"一下子变成了"一匹有思想的马"。

当代小小说领域的写作者云集如蚁，此起彼伏，亦如生活中，各色人等各领风骚。关于人生，关于文学，关于小小说，夏阳曾写下了自己的理解。他说："小小说首先是一门艺术。语言的精准，具有画面感的场景，独到的叙述手法，极具匠心的谋篇布局，加上恰到好处的留白，方寸之地，凸显小小说的大智慧。"夏阳在出道极短的时间里，以文质兼具的写作，进入一流作者的方阵，细究起来答案其实简单——不懈的读书思考和丰富的生活阅历，直接关乎写作者的人格养成。耿介而不追名逐利，不媚俗并拒绝投机主义，使夏阳在庞杂的小小说作家队伍中更显得言行坦荡，特立独行。夏阳的《寂寞在唱歌》，精选了 45 篇作品，用音乐点燃小小说，用小小说诠释音乐，可谓别出心裁，意在创新。该书质量整齐，笔法老道，人物描写细腻，是一部有艺术特色的小小说作品集。

《海殇》是李济超的又一本作品结集，内容大致分为"官场幽默讽刺、社会真善美、两性情感"三类。李济超刻画人物入木三分，把普通而有特殊意味的人和生活巧妙地奉于读者面前，引导读者在阅读中沉思，在沉思中感知生活。他常将官场比作战场，撇开危言耸听之嫌，官场上不仅要有斗智斗勇的应变能力，还要有百毒不侵的强健心智才行。李济超的官场作品，似乎和"领导"较上了劲：《千万别替领导买单》的弄巧成拙，《白送领导一次礼》的功利认知，《不给领导台阶下》的误打误撞，无不说明了领导在其官场作品中难以撼动的堡垒地位。《今天是个好日子》更是将领导的官场伎俩表现得淋漓尽致。有很多作家热衷官场题材的写作，且以揭露、讽刺为侧重点，此类题材能成为写作热门，绝非因官场文章好做，而是耳闻目睹，有话可说。

幽默是一种智慧，既能兼顾严肃的主题，又能令情节妙趣横生。海华的小小说中，常常体现出这种幽默风格，此次他推出的《最佳人选》风格亦然。比如其中的小小说《批判会》，虽然写的是特殊年代的一件司空见惯之事，却寄寓深远，读罢令人浮想联翩。海华善于一语双关，旁逸斜出。其作品语言紧贴人物，诙谐幽默，绵里藏针，极有生活气息。旺叔和七叔公两个人物形象刻画尤为成功。二人巧于周旋，挥洒自如，化解矛盾于无形，大庭广众之下，宛若上演了一出滑稽剧，既捍卫了村民的权利，又对社会生活中的不正常现象进行了淋漓尽致的抨击，是一篇幽默而不失含蓄的批判现实问题的作品。《最佳人选》所选作品，既有机关生活的展示，亦有市井生活的描绘，注重思想性，选材独特，文笔犀利，可读性强。

　　陈树龙专职从事空调行业二十多年，与民众多有交道，丰富的生活阅历使他的作品贴近生活本色。他善于将问题隐于深处，以轻松调侃的姿态开掘出来，读来生活情趣盎然。《顺风车》中的作品幽默诙谐，其中的《藏》可谓滴水映日，以小见大。阿六担心老婆戴着金首饰旅游不安全，让其藏匿于家，可是藏在家中哪里却成了一个棘手的问题，即便是自己的家，也未必是安全所在，还要提防小偷不请自来，于是揣摩小偷思维的反心理战术开始了。老婆准备将金首饰藏匿于衣柜、床垫、书房、米桶等等的惯常思路被阿六一一否定，畅想有个保险箱也被阿六调侃是"此地无银三百两"的愚蠢做法。老婆气恼先去拦的士，阿六藏匿好首饰，甚至打开了电视和灯光唱起了空城计，谁知却被再度返回的老婆无意中破解了。于此有了结尾处滑稽的一幕，阿六自认为天才小偷也找不到藏匿于垃圾桶垃圾袋中的首饰，却被老婆临走时顺手丢了。阅读至此，让人在哑然失笑之余，不免陷入对生存环境的思索。任何文学作品都要根植于现实生活的土壤中，小小说也不例外。每一篇作品就像一粒种子,埋藏在作者生活阅历及情感的不同节点,点点滴滴的生命感受一旦萌芽,或喜或悲的命运都会长成一棵开花的树。

　　陈树茂的小小说《1989年的春节》讲述了一个家庭的生活节点,同时也是这个家庭中每一个人的生命节点。这一年无疑是这个家庭最困难的一年,家中修建祖屋欠债难还,以致年三十的团圆饭都没有荤腥,父亲没有出门和牌友小乐,母亲冒雨挨个给借钱的亲朋好友送菜,希望过年期间不要来讨债,大哥考上大学发愁学费,大姐顾念家庭要求辍学,小妹尚小闹着要吃肉,而"我"偷偷切块祭拜祖先的卤肉给了小妹,看着母亲因为淋雨高烧、看着父亲偷偷抹泪却束手无策。这一年的年三十,对于这个家庭中的每一个人,都是苦不堪言的情感记忆,宛若一个心结难以解开,让人读之不禁为其忧伤:这一大家人的明天在哪里? 雨停了天晴了,并不代表所有的困难不复存在了,可是作者就这么轻描淡写化解了,每一个人对未来依然心怀希望,一个家庭对未来依然抱有坚定不移的美好憧憬。父亲母亲对于苦难的隐忍倒在其次,乐观的生活态度才是影响孩子精神生活的支点。作品也因为这神奇的一笔,一扫全篇的阴霾压抑气氛,字里行间透着丝丝缕缕的暖阳。该书以家庭传统题材、另类服务系列、徐三系列及工地、社会题材为主,直面剖析社会现象和人性问题。

　　阿社属于年轻一代的实力派作家。《英雄寂寞》入选作品较全面反映了作者近年来的创作成就和艺术风格。其作品生动传神,寓教于乐,在轻松的阅读中给人以美的享受。时下,系列写作逐渐成为诸多作者选择的一个创作方向,以此架构一个具有自我标识性的文学属地。游迹于庞杂社会,或名或利的诱惑,人自然难以免俗,于是阿社的《包装时代》应运而生了。包装什么? 名誉、头衔、身份等等，只要你想到的都可以有，甚至你没想到的也可以有。作品以人物的各种生活需求、社会需求、人生需求为线索，对主人公实施了一系列的改头换面行为，成功地将老师被包装成了大师。显然，包装师擅长攻心术，他深谙人们的欲望和浮夸心理，加上巧舌如簧，不仅利用包装身份满足了人物的虚荣心，还让其人性继续膨胀到不可一世，读来触目惊心。阿社的包装系列可谓琳琅满目，写实不失荒诞，揭示直抵人性。生活无小事，处处皆民生。

官场题材是陈耀宗创作的侧重点，《寻找嘴巴》中形形色色的官场人物活灵活现，语言或犀利或诙谐或调侃，但是归根结底还是在探究官场的生存法则，无外乎描绘官场为人处世的谨小慎微，甚至扭曲的生存心态。人际关系历来都是官场交流中不可避免的焦点，《人前人后》化繁就简，三人为例，集中展示了一个办公室中明争暗斗的有趣一幕。科长、科员甲、科员乙都是笔杆子，时有文章刊发，闲来两两互评，阿谀奉承乃至互相褒奖，而不在场的第三人就无辜中枪了。互损的结果只有两败俱伤，只不过大家已经习惯了这种官场游戏，人前人后，倒是彼此相安无事。"后来，好像什么事情也没有发生过，三支笔杆子似以往那样，两两对答着。一到三人都在一起，就不晓得说什么才好。"作者深谙官场生态体系，娓娓道来不失诙谐成分，讽人前的道貌岸然，嘲人后的阴暗猥琐，宛若上演了一出新时代的官场现形记。

胡玲是惠州市的小小说新秀，她的《心花朵朵》，是其几年来创作的结晶。该书细腻地描绘出人性的种种形状，开掘着人性的丰富内涵，用阳光的心态传达积极健康的能量，以接地气的文字书写社会底层小人物，如农民工、小贩、司机、临时工、保姆等，描写他们的生存之痛，他们的窘状、尴尬、困扰与快乐。胡玲还善于挖掘人性背后的束缚甚至异变,发现人的弱小和缺陷,以不同的文学视角写出"完美人物"的与众不同之处。比如《英雄之死》便是这个大背景下诞生的一篇作品,它意在警惕和呼唤:人,最终要成为"人",而避免成为某些先入为主的观念的祭品。

在这次出版的《岭南小小说文丛》中,还有一卷要引起我们特别的注意,那就是《桃花流水鳜鱼肥——惠州市小小说 10 年精选》。这本由著名小小说评论家雪弟主编的作品集,收入了惠州市小小说作家的 63 篇精品力作,可以看作是"惠州小小说现象"的最好诠释。雪弟先生对广东小小说事业的不懈推动,值得尊敬。

《岭南小小说文丛》的出版,一定会成为 2017 年全国小小说领域的大事之一,也是一件值得广大小小说读者期待的事情。

是为序。

(作者系河南省作协副主席,中国小小说事业的倡导者、组织者,著名评论家)

目录

第一辑

心弦轻歌

化妆师

汀兰是青城最出色的化妆师。

读大学时，汀兰学的是植物学，与化妆行业可谓风马牛不相及。

当时，她的老师檀木是青城最出名的植物学家，博学多才，爱植物如命。凡是生长在大自然间的植物，没有他不认识的。他常年与植物为伴，孜孜不倦地研究它们的习性和用途，并着力撰写《千草集》。他在学校有间斗室曰"千草园"。他在千草园周围种满了各种植物，一年四季，生机盎然，幽香四溢，吸引了不少师生前来观赏。有师生拜访，檀木会把茶几搬到植物丛中，泡上自己种植、制作的各类花茶，品着茶，嗅着植物的清香，和师生们聊植物，滔滔不绝，如数家珍。

那天，檀木领着学生去深山考察植物，汀兰的一张俏脸被荆棘划破，伤痕累累。爱美的汀兰急得眼泪直流，生怕自个儿的脸会破相或留下疤痕。檀木一撩长衫下摆，气定神闲地说，别着急。说着，他只身冲进荆棘密布的丛林中。过了许久，他才狼狈不堪地走出来，脸上沾满了泥土和草屑，身上的白衫被划出了很多小口子。他的手里，紧握着一束不知名的野花。他把花揉碎，温柔涂抹在汀兰的脸上。汀兰又痒又肿的脸顿时舒服了许多。檀木对汀兰说，每种植物都有它的用途，我们要善待它们！那一刻，汀兰便爱上了檀木。

汀兰对檀木的爱恋如飞蛾扑火。她有空就往千草园跑，给檀木的植物浇水、施肥，可檀木的心里只有他的植物，如榆木疙瘩般不解风情。汀兰说，老师，我喜欢你！檀木说，我只爱我的植物，恐怕不能把爱平分给其他人。汀兰并不放弃。情人节，汀兰化了妆，盛装来到千草园，檀木正在摆弄他的植物。汀兰说，老师，今天我要和你约会。檀木的目光流连在盛开的桃花上，说，今天我要和我的桃花约会，你看，它们盛开得多么灿烂。汀兰心里很气，她指着自己的脸说，老师，我的脸，不比桃花逊色。檀木看了汀兰一眼，说，范仲淹说"岸芷汀兰，郁郁青青"，兰花之美，美在青葱和自然，无须其它修饰，我生平最不能理解人化妆，世上最美的莫过于本真，就像万千植物，它们美在自然，美在毫无修饰。汀兰气得脸都红了。她知道，檀木的心被植物占满了，再也容纳不了其他事物。

让汀兰更加伤心的事情还在后面。檀木竟与她不告而别，辞职离开了学校，不知去向。汀兰伤心不已。毕业后，她本来有机会做园艺师的，她却做了一名化妆师，她心里还堵着气，檀木最不喜欢人化妆，她偏偏要开化妆店做化妆师。在她的努力下，短短6年时间，她已成为青城化妆界的翘楚。一张张平淡无奇的面孔，在汀兰的"精雕细琢"下，化腐朽为神奇，立即变得生动美丽、光彩动人。

一天，汀兰的化妆店来了位农妇模样的女人。女人满脸伤心憔悴。

女人说，我想请你给我的男人化妆。可以啊，汀兰说，不过，我的出场费很高。女人说，请你给我男人的遗体化妆。汀兰吓了一跳，对不起，我不给死人化妆，你另请高明吧。

女人"扑通"一声跪在地上，不停地对汀兰磕头，说，我男人的脸破相了，我找遍了城里大大小小的化妆师，他们都不愿意给死人化妆，听说，你是手艺最好的化妆师，只要你能给我男人把妆化好，花再多钱我都愿意。女人说着，眼睛里笼罩了一层浓厚的水雾，我只想我的男人漂漂亮亮地离开。或许是女人开出的优厚酬劳吸引了她，或许是女人对男人深深的爱感动了她，汀兰答应了。

汀兰拎着化妆箱，跟女人上了路。女人带着汀兰长途跋涉，走进一片深山野林。山中央，有个金色的小木屋。屋边，各种植物汇聚成一片五彩的花海，泛着血红的光。汀兰宛如置身于童话里的美丽世界。

汀兰随女人进屋，看见床上躺着一具男人的尸体。男人双目圆睁着，脸上绽开着道道血痕。她静静地坐到男人身边，打开化妆盒，用湿纸巾轻轻地给男人擦拭起来，擦着擦着，一滴泪珠从她眼睛里盈盈而坠。女人好奇地看着她，化妆师，你怎么哭了？汀兰说，你男人死得好惨啊。女人望着窗外的花海，说，他是为了守护那片植物死的。昨天，这里突然来了很多人，他们要把山里的植物都销毁，他们要在这里建度假山庄。他偷偷爬上了他们的挖土机，跳了下来，鲜血染红了整片花海。他用生命护住了这些植物。

汀兰问女人，你很爱他吗？女人说，是的，我爱他，前年，我来深山采药，发现了他和他的植物园，我就爱上了他，也爱上了植物，可是，他的心里只有植物，然而，这样的他，更值得我爱。女人沧桑的脸上洋溢着一丝少女的羞涩。

汀兰给男人化妆完毕。男人脸上伤痕全部不见了，他仿佛沉睡着一样，一张脸栩栩如生。汀兰用双手抚摩着男人的脸，说，没想到吧？我最后一次化妆，竟是给你化。说完，已是清泪两行。女人说,你不愧是最出色的化妆师,谢谢你,多少钱?汀兰说,不要钱,免费的,我只想要他未完成的《千草集》,我要替他继续写下去。

第二天,汀兰关闭了化妆店,带着檀木《千草集》的手稿,进入了深山。

老师,我就要做化妆师,其实植物学家也是化妆师啊,是大自然的化妆师!汀兰望着深山葱茏的植物,倔强地说。

(原载《百花园》2015 年 4 期)

陌上花开

小镇依山傍水，山青树翠，碧海银沙，如一幅色彩明艳的水墨画镶嵌于天地间。

肖然租住的房子在老街，临海。这里保留着明清时期的古建筑，白墙黛瓦、雕梁画栋掩映在绿树红花之中。古老的商铺鳞次栉比，带着怀旧的气息。

肖然住在二楼，每天一开窗户，便能看到美景，闻到花香，听到鸟鸣。他楼下是一间叫"陌上花开"的小店，店里卖一些极具本土特色的小物件，绣花布鞋，棉麻衣裙，丝绸围巾，雕花银饰等。店主是位老太太，慈眉善目，身材苗条，满头银发，浑身的典雅和淡定让人完全忽略了她的年纪和脸上的皱纹。没有顾客光顾时，老太太就坐在店前的藤椅上，身上裹件暗色花纹的披风，望着路口发呆，安静得像一泓春水。

当朝霞染红天边的时候，肖然起床了，匆匆洗漱完毕，背上画夹下楼。这时，"陌上花开"已经开门了，他对老太太打一声招呼：花奶奶早。他不知道老太太姓什么，她的店有个"花"字，凭直觉，他觉得老太太年轻时一定美得像花儿，所以就这样称呼她，老太太并不反对。小肖早！花奶奶正在擦拭柜台。

肖然哼着小曲儿，走到街边的一家老字号早餐店，吃一碗辣得吐舌头的面条，或是吃一个香酥脆软的烧饼，就赶往海边，开始了一天的工作。

小镇历史悠久，风景如画，是有名的旅游胜地，来看海景的人不计其数，找肖然画像的人也不少，特别是那些身着泳装、身材火辣的美女。对肖然而言，给她们画像，简直就是一种享受，所以，肖然从不觉得辛苦和枯燥。

晚上，肖然披着晚霞回来，躺在床上数当天的收入，除去房租、伙食开销，还能余下一些。他很满足这样的生活，行云流水般逍遥自在，无拘无束。他想永远待在这个美丽的小镇，直到地老天荒。

有天，肖然回来得早，看见花奶奶坐着店前的玉兰树下喝茶，他也坐下。花奶奶给他倒了一杯菊花茶，两人闲聊起来。花奶奶，您的店名挺雅致，"陌上花开"，我记得以前在书上看过一段历史，说吴越王和夫人戴氏十分恩爱，戴氏回娘家小住，越王给她写了一封信，信中是"陌上花开，可缓缓归矣"，说春色正好，戴氏可在娘家多住几日，好好赏美景，不必急着归来。戴氏接到信，当即感动落泪。

花奶奶优雅地抿一口青花瓷杯里的茶水，说，在我看来，越王思念戴氏，他希望戴氏尽快归来，他真正的意思是"陌上花开，请速速归来"，只不过，古人比较含蓄，没有说得那么直接而已。我想，戴氏看到信，恨不得生出翅膀马上飞到夫君身边。

肖然一笑，并不作答。

这天，肖然下楼，看到几个身穿白色海军服的战士，正在和花奶奶聊着什么。自从肖然住到这里，就经常看到有海军战士来找花奶奶，并不觉得稀奇。

画到中午，见日头太毒，肖然停下手中画笔，躺在礁石旁的阴凉处歇息。海涛阵阵，海鸟鸣叫，他惬意地睡着了。不知睡了多久,肖然醒来,看到不远处有个身影,他定睛一看,竟是花奶奶。花奶奶坐在海边,长长的披肩随风飘舞,如雪的银发在阳光下闪耀着金光,神仙一般。她点燃了一堆冥纸,不一会儿,黄色的冥纸在熊熊火焰中变成飞灰。

肖然好奇地到花奶奶跟前。花奶奶眼睛里有泪光闪动。花奶奶,你在做什么?他满腹疑问。

花奶奶不理肖然,她痴痴望着海水,说,我知道,你的灵魂还在海水里。陌上花开,请君速速归来!回来吧,回来吧!

接着,花奶奶给肖然讲了她的故事。

原来,花奶奶的丈夫是一名海军军官,他所在的部队驻扎在小镇旁边的海域,为了能与夫君时常见面,花奶奶从大城市来到小镇,在镇上开了"陌上花开",每次短暂的相聚后,丈夫会奔向属于他的大海。每次离别,花奶奶会跟他说,陌上花开,请君速速归来。

12年前,花奶奶的丈夫和官兵在海上进行训练时,由于机械故障失事,艇上70名官兵全部遇难,花奶奶不愿意接受这个事实,因为打捞队没有找到她丈夫的尸体,她总觉得丈夫还活着,她每天守着"陌上花开",盼望有一天,丈夫会突然出现在她面前。

直到今天,几个海军小伙子来看望花奶奶,告诉她,有渔民在打捞时发现了一具骨架,最初大家也不敢确信这是花奶奶的丈夫,最后发现骨架的左手无名指上戴着一枚戒指,上有四个字"陌上花开",这枚戒指是结婚20周年时,花奶奶亲自请人给丈夫定做的。

花奶奶说,明天,我就带着他的骨灰回他的老家去,"陌上花开"我准备盘出去。小肖,你今后有什么打算?

我也准备回去了！肖然叹了口气，说，我也想家了。

3年前，肖然忍受不了大城市的喧嚣，忍受不了圈中没完没了的应酬，更忍受不了妻子的唠叨和孩子的哭声，没留下只言片语，只身离开了家乡。

回去好！陌上花开，请君速速归！花奶奶望着肖然，笑了起来，笑出了一脸泪花。

（原载《天池小小说》2016年3期，《小小说选刊》2016年5期转载，《小小说月刊》2016年7月上半月刊转载，入选《2016年中国小小说精选》一书）

白围巾

每到冬天，素缕会围上那条白围巾。围巾棉麻料子，素白无杂色，围在脖子上，映衬得素缕的脸明丽动人，宛如新月。素缕细细抚摩着围巾，心里温暖如春。

很多年了，素缕一直无法忘却围巾的主人——那个曾经给过她温暖的男人，刻骨铭心。

那年，素缕在丽城念大二，清贫的家境使她像一朵丁香花，蕴结着淡淡的忧伤。寒假，别的同学回家了，她留下来，四处奔忙做着兼职，为下学期的学费努力着。

菊花是丽城的市花，一年一度的菊花节是丽城的盛事。通过本地同学的介绍，她成为菊花节开幕式的礼仪小姐之一，半天活动，有 50 元酬劳。

菊花节那天出奇的冷。身着单薄旗袍的她冻得瑟瑟发抖，工作人员数次提醒她注意保持优雅姿势。站在舞台一角，她机械地引导着领导们上台讲话，呼啸的寒风中，每分每秒都是痛苦的煎熬。

好不容易挨到开幕式结束，人们蜂拥离去，她再也支撑不住，倒在了角落里，没人注意到她。她浑身虚软，喊一个字的力气都没有，只能强睁着眼睛，绝望地看着人群远去。她的身体一点点失去自觉，恍若躺在巨大的冰窟窿里，似乎马上就要飘飞起来。

你怎么了？没事吧？他突然出现了。他把她扶起来，迅速把身上的毛呢风衣脱下，包裹在她身上。他取下脖子上的白围巾，温柔地缠绕在她的脖子上。好些了吗？他关切地看着她，明亮的眼眸如澄澈高远的天空，纯净的笑容如阳春三月的暖阳。她的身子有了一丝温度，慢慢复苏。

张秘书，您在这里啊！领导正到处找您呢！一个工作人员跑过来，殷勤地对他笑。

这个女孩子晕倒了，赶紧找个暖和的地方，让她缓会儿。他的声音很好听，像和煦的春风。

工作人员鸡啄米似地点头，好好好，您放心，这件小事交给我就好了。说着，工作人员从她身上取下了风衣，恭敬地给他披上。

工作人员要从素缕身上取下围巾，他制止了。天气冷，围巾就留给她吧！他朝她看了一眼，说，好好保重，寒冬过去，就是春天了。他的眼神幽深温柔，像一泓清泉，汩汩流进她的心田，她冰封的心瞬间消融，变成滴滴泪珠蕴结在眼眶里。

他走了。素缕围着他的围巾，望着他俊逸的背影，失落和不舍涌上心头，不绝如缕。

从那以后，他的身影，他的笑容时常出现在素缕的梦里。午夜梦回，她从枕头下掏出围巾，温柔地抚摸着它，细细回味着他的每个动作、每句话，心里溢满了温柔和感动。

素缕盼望与他重遇。她知道他是领导的秘书，只要领导有可能出现的公开活动，她会想尽一切办法跑去凑热闹，只为能看见他，哪怕是远远地看上一眼也好。很多时候，她静默地站在他单位的院墙外，遥望那幢高大而威严的大楼，她想，他一定在大楼的某间办公室办公，她多么希望他能突然站在窗口，朝外望一眼。可是,她再也没有见到他。

很久后的一天,素缕在报纸的新闻里看到了他的大幅照片,领导调走了,他坐上了领导的位置。她默默为他高兴,那么好的一个人,做了领导,一定会造福一方百姓。后来,素缕得知他结婚了,伤心之余,她依然想见他,亲口道一句祝福,或说一句感谢。她围上白围巾,鼓足勇气去了他工作的地方。你是领导什么人? 你跟领导预约了吗? 门卫问她。她摇头。领导忙着呢! 不是什么人都可以见他的。门卫的话呛得她无言以对。她默默离开了。

毕业后,她毅然留在举目无亲的丽城,选择在报社做了一名小记者,只为有朝一日成为名记,可以名正言顺地出现在他面前,可以面对面采访他,可以和他坐在一起喝一杯清茶。很多男人追她,她都看不上,因为在她心里,他们都比不上他。

为了实现见他的理想,素缕没日没夜地打拼、奋斗着,她不顾危险,不怕生死,奔赴各大新闻现场。恒信公司新建的天桥倒塌,经她秘密调查,发现是恒信公司偷工减料、使用劣质水泥造成,她把丽城天桥倒塌的内幕报道出来,在丽城引起轩然大波,恒信公司老板被抓。她一举成名,她想,她见他的日子不远了。

半个月后,素缕在报纸的头版头条看到了他的消息——他被抓了。恒信老板被抓后,供出多名受贿官员,其中包括他。她哭成泪人儿,泪水打湿了整条围巾。

十年了,素缕和他终于再次相见,却是在监狱。他苍老了许多。你是谁? 进来后,没有人来看过我。他已经不认识她了。

我是间接送你进来的人,素缕说。在调查中,她早已发现恒信公司与他有染,她还是如实还原了事件真相,她不忍心他在不归路上越走越远，因为，他在她心里一直那么美好，如初相遇时一样。

寒风从窗口灌进来，他瑟瑟发抖，不停咳嗽。

素缕从脖子上取下白围巾，温柔地缠绕在他的脖子上，如他当年给她围围巾时一样。好好保重！寒冬过去，就是春天了！她说着，泪如雨下。

他看着脖子上的白围巾，恍若隔世。那一抹白色，在昏暗的监狱显得特别白……

（原载 2015 年 11 月 29 日《宝安日报》）

心花朵朵

大青衣

原本宁静的村庄突然热闹了,乡亲们雀跃着欢呼着,纷纷奔走相告:今晚李大户家请柳月如来唱戏。

说起柳月如,在当地可谓声名赫赫,她是县剧团的名角,能听她唱戏,一睹她的风采,是很多人的梦想。

日落黄昏,乡亲们潮水般涌向李大户家,青莲好奇地跟在人群后。李大户院里灯火通明,高高的戏台前挤满了乌泱泱的人群,他们昂着头,瞪着眼,屏住呼吸,焦急地等待柳月如出场。青莲猫起身子,铆着劲儿朝前钻,像一尾滑溜的小鱼儿,钻到人群最前面。

锣鼓铿锵,乐声四起,柳月如一袭飘逸的青衫长裙,款款从幕布后走出来,身姿婀娜,莲步轻移,宛如踩在云端的仙女。喧闹的人群瞬间寂静。柳月如眼波流转,一翘兰花指,一抖水袖,行云流水,灵动自如。柳月如轻启朱唇,黄鹂一样清脆婉转的声音脱嘴而出。人们看呆了,听痴了,像木头人立在当地。青莲尚小,看不懂剧情,听不懂戏文,可柳月如仿佛带着一股子魔力,深深诱惑着青莲,让青莲的目光无法从她身上移走,她哭,青莲跟着哭,她笑,青莲也笑。

戏散,柳月如谢幕退下,乡亲们依依不舍地离去。青莲不走,她悄悄来到后台。

柳如月对镜卸妆,从镜子里看到身后的青莲。小丫头,怎么还不回家？青莲紧盯柳月如，紧闭双唇不语。柳月如回头，上上下下打量着青莲，见青莲面容清秀，身形纤细，眼神里有股子坚毅倔强劲儿，说，真是个唱青衣的好胚子。可柳月如说什么，青莲就是不说话。最后，柳月如问，愿意跟我学戏吗？青莲终于开口，愿意，我要唱戏，像你一样。

青莲跟着柳月如学戏，大家都说青莲家祖坟冒青烟了，要知道，柳月如不轻易收徒的。柳月如对青莲很严，唱念做打，手把手教青莲，青莲学得稍有不佳，必然受罚。名师出高徒，十年勤学苦练，青莲成为剧团最出色的青衣，她扮相清丽端庄，音色清澈圆润，表演细腻庄重，秦香莲、白素贞、王宝钏，所有青衣角色被她演绎得栩栩如生、活灵活现。

不知何时，看戏的人少了。台上，青莲卖力表演，台下，看客寥寥无几。青莲的满腔激情，在日积月累中慢慢消散。

一天，一个打扮时尚的男人来剧团找青莲。青莲小姐，我们公司正在包装歌星，以你的形象和唱功，绝对能够火，你可有兴趣？青莲想也没想，说，我没兴趣！男人说，传统戏在本地已经没市场了，现在还有谁看戏？说完，男人把一张名片丢在桌上。青莲小姐，走阳光大道，还是在一棵歪脖树上吊死？由你自己决定。说完，男人离开了。

那天，男人的话不断在青莲脑子里回荡，令她坐立难安。她去找柳月如。师傅，有人说我可以做歌星。柳月如说，咱们是唱戏之人，并非戏子。青莲说，没人爱看戏了，我想另寻出路。柳月如说，即使台下只有一个观众，咱们也要唱下去。青莲脱下戏服，说，不，我再也不唱独角戏了。柳月如说，你出了剧团，我们的师徒缘分也就尽了。青莲含着泪，一步三回头地走出了剧团的大门。

青莲果然火了，唱歌、走穴、商演，她春风得意。热闹精彩的生活，使她早就淡忘了剧团和柳月如。

五年后的一天，青莲和老板相约在咖啡厅商谈演出事宜，青莲去得早，点了杯咖啡喝起来。不远处，有几个年轻人望着她窃窃私语。作为明星，她早已习惯了人们对她的关注和议论。看，那不是歌星青莲吗？她唱歌挺好听的。听说她以前是唱青衣的。她的唱功、动作、神态都有传统戏的影子。原来她以前是唱戏的啊，怪不得她唱歌有种与众不同的味道。他们的话飘进青莲耳朵里。

老板来了。青莲说，有个问题我一直想问你，你当初为什么觉得我能唱出来？老板一笑，因为你有戏剧底子，唱出来有特色，要不然，你怎么会红？要知道，现在会唱歌的人一抓一大把。青莲内心如同投进一块大石头，波浪汹涌。

晚上，青莲做了一个梦。梦里，柳月如和青莲唱《白蛇传》，柳月如演白蛇，青莲反串法海，两人对打起来，青莲一剑刺穿了柳月如的胸膛，柳月如倒在戏台上，鲜血染红了柳月如的白衣。青莲从梦中惊醒。

第二天，青莲取消所有活动，赶到县剧团，却发现大门紧闭，向周围人打听，才知道剧团生意冷清，半年前已经倒闭了。

青莲找到柳月如家里，看到的是柳月如的灵位。守灵的老太太说，我是月如的表姑，你是青莲吧？青莲一惊，你怎么知道？老太太说，月如说过，你迟早会来的。青莲问，师傅怎么走了？老太太叹气道，月如是个戏痴啊，爱戏的人越来越少，懂戏的人越来越少，她整日郁郁寡欢，剧团倒闭后，她大病一场，昨晚，她走了。临终前，她叮嘱我把一样东西交给你。说着，老太太拿出一个盒子递给青莲。青莲打开，是一套青衣的戏服，正是她初次看师傅唱戏时穿的那套。师傅！青莲怆然泪下,跪倒在柳月如灵前。

没多久,县剧团重新开张。剧团的老板不是别人,正是青莲。锣鼓铿锵,乐声四起,青莲一袭飘逸的青衫长裙,款款从幕布后走出来……

（原载《红豆》2017 年 6 期,《小说选刊》2017 年 7 期转载,《小小说选刊》2017 年 15 期转载）

画

　　秋意深浓，院子里，金黄的菊花开得绚丽多姿。菊香清雅，随风穿窗入户，飘进秋香婆的老屋里，洒下一屋子的清香。

　　秋香婆躺在藤椅上小憩，淡淡的阳光照射进来，照在她花白的头发上，闪耀着柔和的光芒。醉人的菊花香气在秋香婆的鼻子边萦绕，她猛然睁开眼睛，颤巍巍地起身，从柜中取出一个雕花木筒，揭开盖子，拿出一卷画卷，在桌面上徐徐展开，一幅精美的工笔画展现眼前。秋香婆眯起浑浊的眸子，紧紧盯着眼前的画。画中，遍地菊花盛放如金，一个清瘦飘逸的旗袍女子手握书卷，亭亭立于菊丛中，淡笑如菊，清雅脱俗。画的边上，书写着一行工整的蝇头小楷。秋香婆干枯的嘴巴轻轻嚅动着，轻轻念起画上的字：人比黄花瘦。

　　良久，秋香婆把画轻轻收起来，放进木筒里，紧紧揣在怀中，脚步蹒跚地来到村委会。村主任，我决定把画卖了，把钱捐给村子建学校，秋香婆说。

　　秋香婆，您老的心意我们领了，你还是赶紧把画收回去放好，免得弄坏了，村主任说。

　　为了建新学校，村民们都踊跃捐钱捐物，可我知道，建学校的钱还远远不够。作为一个退休老教师，作为村里的一分子，我有义务也有责任出一份力，秋香婆说。

　　您老在乡村小学教了一辈子书，青春和汗水都奉献在这里了,该做的都做了。再说,这幅画太贵重了,我们知道,这幅画对您一定很重要,村主任说。

村主任知道这幅画的价值。三年前,在村里发现出土文物,省里的专家前来村子考察,因为秋香婆厨艺精湛出色,村主任便把专家安排在秋香婆家吃住。专家们发现了秋香婆的画,经他们鉴定,这幅画是当代著名画家欧阳明的作品,价值不菲。

我决定的事情不会再改变了,秋香婆的语气颇为坚定。

秋香婆卖画的消息四处传开了,"古稀老人出售欧阳明真迹"的报道在全国各家媒体疯狂转载。每天都有陌生人进村来赏画观画,也有人要购画,有的出价五万,有的出价十万。秋香婆没有卖,因为她知道这幅画的价值远不止于此。省里的专家曾经告诉她,这幅画市场估价在二十万左右。

一个月后,有一个身穿绿色旗袍的姑娘找到秋香婆,出价四十万要买画,秋香婆一下子惊呆了,她没想到会有人出这么高的价购买画。姑娘,你愿意出高价购买此画,必然是真心喜欢这幅画,希望你以后善待它,不让它有一丝一毫的损坏。秋香婆依依不舍地看了那幅画最后一眼,把画郑重地交给了旗袍姑娘。

旗袍姑娘带着画走了,秋香婆躺在藤椅上浑身无力,怅然若失。四十多年前往事一幕幕浮现在眼前,清晰如昨。那年,秋香婆二十岁,在省城师范学院念书。金秋时节,秋风飒飒,校园的菊园繁花如锦,她持一本《唐诗宋词》在菊园晨读,不知不觉读到了易安居士的《醉花阴》:东篱把酒黄昏后,有暗香盈袖。莫道不消魂,帘卷西风……她刚读到此,一个男声突然响起:人比黄花瘦。她回头望去,看见一个背着画夹的男孩微笑着看她。她回报他一笑。

第二天,男孩带着一幅画来菊园找她。我把你画进我的画里了，画名叫作"人比黄花瘦"，送给你，男孩说。

她和男孩开始了一段美丽的爱情。两年后，她和男孩毕业了，中文系毕业的她选择去西部山乡执教，而国画专业毕业的男孩留在省城的画院做专业画家。从此，两个人天南海北，各散天涯，失去联系。四十年后，男孩成为著名画家——欧阳明。

旗袍姑娘拿着画回到省城，立即赶往了医院。爷爷，按您的吩咐，我把画买回来了，旗袍姑娘对病床上的老者说。老者用颤抖的双手展开画卷，黯淡的眸子突然有了光彩。

爷爷，我不明白，你为什么要花那么多钱去买一幅自己的画，如果你喜欢这幅画，你完全可以再画一幅啊。

老者吃力地抖动着双唇，说，有些画，一辈子只能画一次，就像有的人，一生只能遇到一次一样。说着，他虚弱地支起上半身，对着画静静端详。有生之年，能再见这幅画一次，我此生无憾了。孙女啊，我还有一事要麻烦你，你马上把这幅画送回去，还给那位老婆婆。

你已经出钱买回来了啊，干吗还要还回去？旗袍姑娘一脸迷惑。

一幅画留在爱它的人身边才有价值，我坚信，这世上没有人比她更爱这幅画了。老者苍白干枯的脸上泛起一丝笑容。

第二天，画又回到了秋香婆手里。我爷爷说，这幅画物归原主，四十万块钱他捐给你们村建学校了，旗袍姑娘说。

夜深人静，秋香婆老屋的灯还亮着。灯光如雪，她展开画卷，静静凝视着画，用沙哑的声音不停地念着画上的字：从比黄花瘦……

（原载《天池小小说》2015 年 2 期）

古村旗袍

古老的围屋珍珠般散落村子里。

每天待在围屋,洗衣、做饭、操持家务,或者望着围屋顶上圆圆的天空发呆,这是小桃红每天的生活,平淡无趣,周而复始。

偶尔,会有村里的女人来找小桃红修改衣服,换个拉链,剪个裤脚,然后丢下几块零钱给她。小桃红家有台缝纫机,她做姑娘时学过裁缝,手艺好,这些活儿对她来说很简单。小桃红麻利地踩着缝纫机,女人们就叽里呱啦地跟她拉家常,说来说去,无非是东家两口子打架了,南家婆娘搓麻将输钱了,西家女人出轨了,北家女人好吃懒做等鸡毛蒜皮的事儿。

这天,一向安静的村子突然热闹起来。一群妖娆的女人闯进围屋,她们踩着高跟鞋,穿着花团锦簇的旗袍,在围屋里东瞧瞧西摸摸,像一只只美丽的花蝴蝶飞来飞去,围屋上空飘荡着她们连绵不绝的娇笑声。不一会儿,旗袍美女们安静下来,她们有的戴上精致的礼帽,有的撑起鲜艳的油纸伞,有的手握小巧的团扇,或斜靠斑驳的木门,或端坐布满青苔的石阶,或倚依沧桑的墙壁,笑语盈盈,摆出各种优雅迷人的姿态。"咔咔咔",几个扛着大相机的男人对着她们一阵猛拍。

小桃红和她男人石柱跑出来看热闹。石柱犹如发现了新大陆,目光不停地在旗袍美女间穿梭。这帮城里的娘们,瞧着真有味儿！石柱咽着口水说。小桃红的心里酸溜溜的，她偷偷白了石柱几眼，气呼呼跑回屋，一屁股坐下来。她正对面的墙壁上，一块大大的镜子正照着她。她看看镜子，吓了一大跳，镜中的她蓬头垢面，臃肿肥胖的身子像个巨形圆球，与村里那些粗俗的农妇并无二样。想当年，她模样俊俏，身材苗条，又是技校毕业，是村里公认的一枝花，一点儿不比那些穿旗袍的狐媚子差。结婚生子后，她疏于打理自己，每天浑浑噩噩地过，不知不觉中，时光这把杀猪刀把她摧残成如今这副糟模样。

小桃红一阵翻箱倒柜，取出结婚时穿的红旗袍，吸气收腹，憋着劲儿用力往身上拉，费了九牛二虎之力，怎么也套不上。她像泄了气的皮球，瘫倒在床上。那晚，小桃红一宿没睡。同样是女人，区别咋那么大？自己哪点儿比那些狐媚子差？小桃红越想越不服气。

第二天，旗袍美女们又来到了围屋，小桃红以肚子疼为由，支使石柱去卫生室买药，她站在门口，悄悄盯着这帮女人。

旗袍美女们拍摄完毕，就站在围屋中间的空地上聊天。小桃红提着一篮子衣服去晾，她慢腾腾地晾衣服，偷听旗袍美女们聊天。她们正聊得热火朝天，这个说，女人要经常锻炼身体，永远保持健康美丽的体态，那个说女人要自尊自强自立，不能让男人看不起，还有的说女人要精心打扮自己，注意自己的言行举止，要优雅地慢慢变老。末了，她们异口同声地高喊道，做女人真好！小桃红把她们的话暗自记在了心里。

晚上，小桃红没有躺在沙发上看电视剧，而是打开电脑里的健美操教学视频，吃力地跟着跳起来。第二天早上她也没有睡懒觉，咬牙绕着村子跑了几公里。两个月下来，小桃红一身的肥膘不见了，身段变得玲珑窈窕了。小桃红还网购了一些时尚、美容和礼仪方面的书籍，一有空就看。

三个月后，小桃红取出红旗袍，很轻松就穿上了。她去镇上买回一些布料，回家做了好几套旗袍。

这天，有几个女人来围屋参观、拍摄。小桃红立即回屋穿上旗袍，精心打扮了一番，佯装镇定走出来。女人们看到小桃红，啧啧称赞，你这旗袍穿着真好看，在哪买的？小桃红不好意思地说，我自己做的。她们说，能卖给我们几件吗？小桃红想了想，说，家里还有几件，如果你们不嫌弃，就进去选吧。

女人们把小桃红做的旗袍全买走了，她的自信心突然高涨了起来。她想，她们说我的旗袍好看，何不做来卖呢？近来常有游客来村子旅游、观光，可以做些旗袍卖，附带卖些女人的饰品，如太阳帽、雨伞、丝巾、扇子之类的。

说做就做，很快，小桃红的店子在围屋里开起来了，店名叫"围屋的女人"。生意竟出奇的好，小桃红每天穿着不同的旗袍，端庄优雅地迎来送往。

穿旗袍的小桃红成为围屋里最耀眼迷人的一道风景。

年底，村主任上门来找小桃红。村主任说，小桃红啊，我们准备创建文明村，想学学城里，也成立一个旗袍队，我看你穿旗袍有模有样，就由你来做队长，让村里的那帮娘们业余时间做点有意义的事情，少搓麻将，少生是非，你说好不？好呢！小桃红一口答应。

接下来的日子，旗袍队如火如荼地成立了。小桃红在村里挑了二十个女人，每天在围屋里给她们上课，告诉她们站该怎么站，坐该如何坐，待人接物该注意什么。

妇女节那天，小桃红带领她的旗袍队首次在村里正式亮相。姐妹们，走起来！小桃红一声令下，领着二十个姹紫嫣红的旗袍美女，浩浩荡荡地从围屋里走出来，个个婀娜多姿，光彩照人。村里的男人们一路跟着她们，拿出手机一阵猛拍。

　　小桃红斜斜眼，看到人群中的石柱，他盯着她两眼放光，一脸吃惊。她昂起头，挺起胸，自信地迈着小碎步，骄傲地走在队伍的最前面，心里那个美啊！

（原载《作品》2017 年 4 月下半月刊）

西湖之恋

西湖边，有一家瓷器店叫"西湖之恋"。店内，各种花色和形状的瓷器优雅陈列于柜台上，花瓶、茶具、饰品应有尽有，在水晶灯的映照下，闪烁着明亮素净的光泽。比瓷器更美的是老板娘，一个清丽脱俗的女人，黑发如瀑，长裙飘飘，宛如花瓶上飘下的仕女。

女人一直形单影只，如一朵清寂的栀子花，虽低调恬静，依然吸引了无数蜜蜂蝴蝶。许多男人追求她，对她大献殷勤，许多女人讨好她，要给她介绍如意郎君，她总是淡淡一笑，一口回绝：我有心上人了。可是，漫长的光阴里，人们从未见她身边有男士出现，白天，她悉心打理瓷器店的生意，热情地迎来送往。晚上，她关掉店门，消失在人们的视线里，留给人们无尽的谜团与遐想。

这天，店内顾客盈门，女人不像往常一样招呼客人，而是一遍遍看手表，一副焦急不安的样子，未等客人选好瓷器，女人说，今天我有重要事情，关店一天，你们明天再来看吧！客人们颇感意外，向来热情待客的老板娘竟一反常态驱赶顾客，连春节都不关门的店子大白天竟要关门，真是前所未见。

关好店门，女人驾车快速驶向远方，一个多小时后，车子在一个监狱门口停下。下车等了很久，看见一个男人从监狱大门走出来，她喜上眉梢，走上前去，羞涩地说，我来接你！男人看到她,帅气沧桑的脸震住了,有一丝意外,有一丝惊喜。男人说,你不该来的,我是坐过牢的人,晦气!

女人不语,一把拉起他的手,把他推进车里。我要带你去一个地方,女人说。

女人把男人带到"西湖之恋"。她打开店门,男人看到满屋子的瓷器,惊讶得目瞪口呆。

女人轻抚着柜台上一只景泰蓝戒指,说,我把这店盘下来了,我知道,这店有你很多回忆。男人说,其实,你不必如此,更不用愧疚,我做的一切都是心甘情愿的,包括坐牢。不等男人再说什么,女人把景泰蓝戒指递到男人面前,说,先生,我们店正在做活动,给路过店子的十位行人送礼物,这戒指是免费赠送给你的。

男人顿时泪光涌动,记忆的闸门缓缓开启。

七年前,"西湖之恋"的老板并不是女人,而是男人的表哥。男人那时还是男孩,大学刚毕业,没有找到合适的工作,就来店里打工学习。女人当时正年轻,住在店后的小巷里,她每天白衣白裙,像一团白雾飘过"西湖之恋",飘过长长的苏堤,飘到西湖如诗的画卷里。男孩每天透过玻璃大门,偷偷注视女人经过,目光紧紧追随着她的倩影,直到她消失在视线里。男孩无法自拔爱上她。偶尔,看她从店门口经过,他拿出一串手串走出去,对女人说,小姐,我们店正在做活动,给路过店子的十位行人送礼物,这手串是免费送给你的。不等她反应过来,男孩拉起她的手,把手串戴到了她的手腕上。她微笑说声"谢谢",然后离开。

那是男孩最快乐的一段日子。

男孩的快乐很快被打破,没多久,一个开着豪华跑车的男人经常来接女人,看着女人笑着坐上跑车男的车,男孩的心里在滴血。很快,女人和跑车男结婚了。可男孩知道,女人并不幸福,他经常看到女人黯然地从店门前经过,脸上青一块紫一块,她脸上不再有笑容,取而代之的是斑驳的泪痕。男孩心痛,却无能为力。

一天,跑车男带着一个妖艳的女人来"西湖之恋"购买瓷器。跑车男对妖艳女人说,买个好看的花瓶,放在我给你买的新房里。妖艳女人说,那你今晚别回去了,陪我。跑车男说,好,都听你的。男孩心里燃起一把怒火。

跑车男拿起一个青花瓷瓶爱不释手地把玩着,男孩叹了口气,自言自语地说,再好的东西在不懂欣赏的人面前只是废铜烂铁,野花野草配不上我们这里的青花瓷瓶。跑车男闻声,不屑地瞟了男孩一眼,你说什么?男孩说,好东西只有懂得珍惜的人才配拥有,不懂珍惜,就立即放手,别暴殄天物。跑车男说,我这人有个特点,那就是喜新厌旧,但我喜欢过的东西,我可以摧毁,却不会丢掉。说着,跑车男把青花瓷花瓶用力朝地上一扔,花瓶碎裂了一地。男孩说,你变态。男孩挥手推搡跑车男,跑车男滑倒在地,花瓶碎裂的残渣划破了跑车男的前胸,鲜血飞溅一地。

男孩因过失伤害罪被判刑七年。

跑车男终于和女人离婚了。男孩的表哥嫌"西湖之恋"过于晦气,发布了转让信息。女人带着离婚分得的钱,接手了"西湖之恋"。表哥说,我表弟是个傻子,其实,我们店从没做过任何活动,他送你的那些饰品全是店里最好最贵的,都是他省吃俭用买的,他还不让我打折,他说,爱一个人不能打折。女人泪流满面,坚定地说,我要在店里等他出来。

　　往事如梦，难释心怀。已变成男人的男孩欲接女人的戒指，却又停住了。这个戒指很眼熟。男人盯着戒指说，我坐过牢，不配戴它。

　　女人仿佛没听见似的，说，我给你戴上吧。她霸道地抓着男孩的手，把戒指套到他左手的无名指上。

　　男人说，你想清楚了吗？

　　女人说，我早就想清楚了。

　　男人从胸前的口袋里摸出一只戒指，那戒指也是景泰蓝的，跟女人送他的款式一模一样。男人说，七年前我就想送你的，没来得及给你，我就坐牢了，这些年，我一直把它带在身上。

　　男人把戒指温柔地套到女人左手无名指上。两人伸出左手，两只戒指在阳光下泛着幽蓝的光晕。这是一对漂亮的景泰蓝情侣戒指。

（原载 2016 年《小小说时代》增刊）

木钗记

我是一只木钗，安静地躺在古董店里，很多年了。

每天，光顾古董店的人络绎不绝，但很少有人将目光留恋在我身上。在这些价值连城的古画、花瓶、香扇等古董中间，我只是个毫不起眼的陪衬者。偶尔，也有一两个穿黑丝袜或超短裙的女人瞄一下我。但我知道，她们都不是我的主人。

一年春天，一对情侣在我面前驻足。他们静静地看着我，仿佛一个世纪那样漫长。

男人如获至宝，兴奋不已。女人两眼发亮，炙热的目光像一股暖流渗入我的心房。我冰封许久的心瞬间热了，温暖如春。我细细打量着女人，女人素衣白裙，黑发如墨，像从古画里走出的美人儿。我知道，我的主人出现了，我漫长的等待就是为了她的出现。

男人向店主询问我的价格，店主说，这钗我不卖，只送给有缘人。接着，店主向他们讲述了关于我的故事。店主说，这木钗是我爷爷年轻时亲手为奶奶雕刻的。奶奶临终前，嘱咐我将它送给懂它、爱它、珍惜它的有缘人。这么久了，我一直把它放在最显眼的地方，但一直无人问津。

男人和女人沉浸在我的故事中，浑然忘我。店主把我递给女人，喜欢就拿走吧，也许，你们就是懂它的有缘人。

女人把我捧在手心，抚摸着我身上精致的雕花，感动得泪眼盈盈。男人含情脉脉地望着女人说，我帮你插上吧。女人把青丝高挽于脑后，男人温柔地将我斜插进她的发髻中。

我的古朴典雅与女人的温婉古典相得益彰。男人痴痴地看着女人，像欣赏一件完美的工艺品。只有你才配得上它的美丽，男人说。

从那天开始，我每天点缀于女人发间，成为她唯一的饰品。

男人和女人结婚那天，女人身着大红喜服，头上插着我，浅笑盈盈地迎接宾朋，让所有人眼前一亮。人们都羡慕男人的好福气。我感到前所未有的幸福。

洞房里，男人对女人说，我会一辈子对你好。女人脸上荡漾着幸福的红晕，像桌子上的红烛一样明艳动人。

嫁为人妇的女人每天光顾于菜市场，为一毛钱和摊主讨价还价；女人把大部分时间耗在厨房，悉心熬制他喜欢喝的栗子莲藕汤；女人追看拖沓俗套的韩剧，随着剧情起伏哭得稀里哗啦；女人不雅地躺在沙发上呼呼大睡……婚后，女人变得和其他家庭主妇一样。

男人惊讶于女人巨大的变化，内心泛起失望的波澜。男人回家越来越晚了，回家的次数也越来越少了。

女人坚信男人只是一时贪恋外面的风景，等他累了，倦了一定会回来的。

结婚七周年那天，女人精心准备了一桌子美味等着男人回来，等到半夜，也不见男人的影子。女人打男人的电话，男人的电话一直关机。

桌上的菜冷了女人又加热，加热了又冷了，最后，她的心也冷了。

男人一夜未归,女人一夜未眠。男人曾经说会一辈子对她好,却连七年也没有做到。女人痛得无法呼吸。

女人把我从发间取下,呆呆地看着我,无声地流着眼泪,泪珠溅落在我身上,滚烫。我也跟着女人哭,但女人看不到,我是木头做的,我哭泣是没有眼泪的。

女人将我放在梳妆台上,依依不舍地看了我最后一眼,无声地离开了。

男人很快找到了新欢。新欢不下厨不料理家务,每天把自己打扮得光彩照人,男人赞叹新欢是上帝创造的完美工艺品。

新欢喜欢钻石珠宝、锦衣华服,不喜欢我,她不屑地把我扔在地上,弃之如敝屣。我掉在茶几底下,断裂成两段。

一天,男人喝得酩酊大醉回来,新欢把他赶到了门外。男人在门外睡了一夜,吐得满身都是。第二天男人一进屋,新欢就厌恶地捂起鼻子,臭死了,这身衣服脏死了,扔掉算了。男人愕然,不禁想起了女人。以前他每次喝醉时,女人从不说他,而是默默把他扶进屋,不厌其烦地帮他清洗脏物,还亲手熬醒酒汤喂他喝。

新欢说,我看中一条珍珠项链,你陪我去买吧。男人没有应声,他一屁股坐在地上,正好看到茶几下已经碎裂成两段的我。男人把我拾了起来,温柔地抚摩着我,眼睛里闪烁着泪花。

新欢轻蔑地说,真没品味,一个土得掉渣的木钗子,也值得你心疼成这样?男人突然咆哮一声,滚。新欢气得咬牙切齿,摔门而出。

男人拨打女人的电话,女人的号码已停机。男人又拨通了女人闺蜜的号码,闺蜜把女人的新号码告诉了男人。

男人打通女人的电话, 一个幸福的男音响起, 我是她爱人，她正在厨房煲汤，请问你找她有什么事？

男人没有应声，挂断了电话。

男人失魂落魄地紧抓住我，想用胶水把我粘好，费了半天工夫，我断裂的痕迹依然无法消除。我无法恢复到从前的样貌了。

男人的眼睛变成了绝望的灰色，他一手把我丢进抽屉里。

从那天开始，我的世界成了永远的黑色。

（原载《百花园》2016 年 2 期）

特殊司机

远郊。监狱外。一辆豪华小轿车在夕阳下闪闪发光。

轿车内，男人坐在驾驶坐上，目不转睛盯着监狱的铁门，像一只具有高度警惕性的警犬。

随着铁门"吱呀"一响，男人看到一个中年男胖子走出来。男人转过眼，继续盯着铁门。

过了一会儿，铁门再次"吱呀"响起，又走出一个人。男人朝人影看了几眼，是一个妙龄女子。男人收回目光，紧盯着铁门。

良久，铁门又"吱呀"一声，缓缓走出一个老太太，她佝偻着身子，浑浊的眸子眯缝着朝小路张望，眼睛里依稀有淡淡的泪光。男人急忙启动车，开到老太太身边，打开车窗，说，大妈，您回城吗？坐我的车啊！

老太太拭擦一下脸上的泪痕，饱经沧桑的脸上，深深浅浅的皱纹像一条条蜿蜒曲折的山路。我还是坐汽车吧！老太太嚅动着干瘪的嘴唇。

汽车三个小时一趟，您恐怕得等到晚上，大妈，您坐我的车回吧！男人下车。

老太太朝着男人的小车上上下下打量了一番。坐你的车不便宜吧？

反正我要回城，顺带捎上你，按坐汽车的价钱给，您放心，我绝不多收您的钱。

老太太不相信地看着他。坐你的轿车，按坐汽车的钱给？

是的，坐我的车，按坐汽车的价钱给，甚至，还可以再便宜一些。

老太太怀疑地扫视了他一眼，脸上涌起一股警惕的神色，男人看在眼里。大妈，您不会以为我是骗子吧？

老太太沉默着，没有否认。

男人一笑。我开这么豪华的轿车，像骗子吗？再说，您一个老太太，身上也没有什么值钱的东西，我能骗您什么？

说得也是，我一个臭老太婆，骨头都埋进土里一半了，怕什么？

太好了！男人脸上闪现出一丝不易觉察的惊喜，他赶忙把副驾驶的车门打开。大妈，您把头稍微低一下，免得上车时撞到头了。他殷勤地搀扶着老太太坐下，为她系好安全带。

男人启动车，朝城区驶去。老太太一路无语，呆呆望着前面的车窗，脸上荡漾着抑制不住的悲戚。

大妈，您来监狱看人吗？男人主动打开话匣子。

老太太点点头。是。

来看亲人？

老太太哽咽了一下。嗯，看儿子。

大妈，其实坐牢也不是什么天大的事，以后出来了，又是一条好汉，您就不要伤心难过了，别愁坏了身子骨。

十指连心啊，那臭小子不知道，他一进去，我半条老命也跟着进去了。两行泪水顺着老太太脸上的沟壑淌下。

男人空出一只手，从纸盒抽出一张纸巾递给老太太。大妈，事情已经发生了，您要向前看。相信您儿子在里面会悔恨和反省的。

老太太擦去脸上的泪水，说，但愿像你说的那样，这几年，我的身体一天不如一天，真害怕熬不到他出来的那天。

大妈，您儿子重见光明的那天，最想见的人就是您。为了他，您一定要保重身体。

老太太看了看男人，含泪而笑。

不直不觉，小车已驶回城区。小伙子，城区到了，你看哪里停车方便，把我扔下。

大妈，您住哪里？我把您送到家门口。

不用了，不耽搁你时间了。

我今天没事可做，送您回家吧，主要是我想顺道兜兜风。

那就麻烦你送我去光明路。

20分钟后，男人的车到达光明路，停下。他下车，把老太太扶下车。

老太太从随身的布袋里掏出30块零钱递给男人。小伙子，这是路费。

男人推开老太太的手。大妈，我免费送你回来的，不收钱。

老太太一脸疑惑。不是说好30块车费吗？

我说不收费，您敢坐我的车？真不要钱，您不过坐了趟顺风车而已。

真是太感谢你了。

大妈，赶紧回吧！

再见了，小伙子！老太颤巍巍地走了。男人看着老太太微驼的背影，眼里涌上一层泪花，这个背影多么熟悉啊！

老太太没走几步路，回头说，小伙子，你真是个好孩子。

男人凝视着老太太远去的背影。好孩子，我真是好孩子吗？男人喃喃自语。

20年前，男人迷上了赌博，被债主追上门，他刺伤了债主，沦为阶下囚。第一个探监日，母亲来看他，他发现母亲突然苍老了十几岁。母亲离开时，他目送着她的背影，发现她的头发全白了，背驼得像一座小山，皮包骨的身子，似乎一阵风就能把她吹倒。他心如刀绞，泪水肆虐而下，咬紧牙关发誓：要尽快出去，好好孝顺母亲。

从那以后，母亲再也没来看过他，父亲说怕母亲伤心过度，不让她来。

男人在狱中表现良好，提前3年出狱。出狱后，他没有看见母亲，只看到了她的灵位。遗像中，母亲慈祥地对着他笑。父亲说，母亲第一次去监狱看望他后，没有赶上回城的车，从监狱一路走回来，途中遇到一场大雨，回来就病倒了，没多久就离开了。

他在母亲的灵位前长跪不起。

男人辛勤打拼，拥有了财富和地位。每个周末，他会开车来监狱，以各种理由，把探监的老人免费送回家。

母亲，您看见了吗？有人说我是好孩子。他掩面哭泣。

（2016年1月24日《河源日报》，《微型小说选刊》2016年9期转，入选《2016年中国小小说精选》一书）

写大字

父亲是老牌师范毕业生，能写会画，尤其酷爱书法。闲暇之时，他常常手握毛笔，挥毫泼墨，我们那里称之为"写大字"。父亲的书法作品屡次斩获县市奖项，是家乡有名的才子。

父亲退休后，住在乡下的老宅里，除了侍弄院子里的花草树木和几块菜园外，他把所有精力都放在了"写大字"上。母亲去世早，我也不在他身边，有书法相伴，独居的父亲并不觉得孤单。他喜欢把书桌搬到院子里，坐在葱茏的树荫下，嗅着花草树木的清香，提笔蘸墨，在宣纸上写几首小诗，画些乡间的花鸟鱼虫。平时，父亲家里宾客如云，十分热闹，有昔日的学生前来拜访，亦有乡邻来欣赏父亲现场写大字，还有书法爱好者慕名来切磋技艺。偶尔有人向父亲讨字，父亲会欣然赠送，谁家有个红白喜事，会请父亲题写对联，父亲总是乐意效劳，分文不取。

我工作后，在城里买了新房，不放心独居乡下的父亲，把父亲接到城里来住，父亲住不了几日，便嚷着要回去，说是挂念家里的笔墨纸砚和乡邻朋友。我索性偷偷把乡下的老宅子和菜园卖掉了，父亲不得不搬进了城里。

我工作忙，每天加班很晚才回来，怕父亲孤独，我给父亲买了上好的笔墨纸砚。父亲像在乡下一样，把书桌搬到阳台上，写写字，画画画。一天，我加班到凌晨才拖着疲倦的身子回来,来不及洗澡,躺在沙发上倒头便睡。父亲心疼地对我说,儿子啊,千万要注意身体啊,你是家里的顶梁柱,没日没夜地工作,身子怎么吃得消? 我伤感地说,爹,不瞒您说,我这房子是贷款的,一个月要还 4000 多块钱的房贷,不拼命加班怎么还得起?

第二天,父亲把笔墨纸砚锁进了箱子里。父亲对我说,我想出去找找工作。我说,爹,您就好好在家休息吧,您的退休工资够您用了。父亲自信满满地说,我也要发挥一下余热嘛。父亲每天兴高采烈地出去,垂头丧气地回来,几个月过去了,依然没有找到合适的工作。我暗自庆幸,这样父亲就可以安心在家享享清福了。我说,爹,您就别折腾了,您在老家是风光,可在这里,您人生地不熟,好多博士生都找不到工作呢,再说,您都一大把年纪了。父亲倔强地说,我的大字写得这么好,就不相信找不到一份工作。

几天后,父亲回来了,一副春风满面、喜上眉梢的模样。儿子,我找到工作了,父亲说。爹,什么工作? 我追问。父亲笑着说,当然是我的老本行,写大字! 我这才松了口气,心想,教人写大字,父亲这工作体面。

从此以后,父亲早出晚归,一天也不休息,箱子里的笔墨纸砚再也没有拿出来。一段时间下来,父亲变得又黑又瘦。我心里很不是滋味,说,爹,别太辛苦了。父亲说,培训班的学生太多,一时比较忙,可我喜欢写大字,一点儿也不觉得辛苦,你别为我担心。

一个月后,父亲把一沓钱交到我手里,这是我这个月教人写大字的钱,外加我的退休工资,一共 6000 元,你拿去交房贷,剩下的做生活费。我不忍心接父亲的钱。爹,这是您的辛苦钱,我不能要。父亲一笑,咱俩父子,说这些外道话干啥?我的钱不就是你的钱吗?我接过父亲的钱,心里暖暖的。

那个夏天,天气异常炎热,我所在的公司为了树立形象,决定向烈日下的劳动者们献爱心。公司准备了凉茶、清凉油、太阳帽等消暑避暑用品,我们纷纷走向街头,送给冒着高温酷暑工作的人们。

炙热的阳光如烈火烘烤着大地,空气里弥漫着滚滚热浪,我走在大街上,浑身大汗直流,但清洁工们依然头顶烈日,不停挥舞着手里的扫帚,我不禁对他们生出许多敬意来。

我走向清洁工。突然,我看到不远处一个瘦小的身影正埋着头,弯着腰,麻利地清扫着地上散落的垃圾,身上的绿色工作服已完完全全汗湿了。那是一个老人的身影,单薄的身子在烈日的照射下显得瘦削屠弱。老人专注地清扫着,手里的扫帚在大地上轻快地滑动,画出一个个优美的弧度和线条,动作纯熟连贯,如行云流水,笔走龙蛇。一会儿,地上的垃圾被老人清扫得干干净净。站在老人身后,我被深深震撼了,老人扫地时的专注、流畅、优美似曾熟悉。

我从包里取出一条毛巾和一瓶凉茶,走到老人身后。老人家,您辛苦了,这是我们公司送给您的。老人听到声音,猛然抬头望过来。我惊呆了,眼前的清洁工竟然是父亲,又黑又瘦的脸上脏兮兮的,一滴滴硕大的汗珠子顺着脸上的沟沟壑壑直往下淌。

看到我,父亲不好意思地垂下头。父亲双手握着扫帚,手上不知什么时候已布满了粗茧,我盯着父亲的手,心里一阵阵发酸,父亲的这双手,原本光滑修长,曾是握毛笔的手啊。爹,您骗我,您说您在教人写大字的。

父亲用手拂去脸上的汗珠,说,扫地就是写大字啊,你看,这地就是纸,扫帚就是笔,我就是在大地上写大字啊。父亲爽朗地笑着,满脸的皱纹又深又长,花白的头发在阳光下闪耀着柔光。

我把凉茶塞进父亲手里,泪水汹涌而出。爹,这是我看过的最动人的写大字,我说。

(原载 2015 年 4 月 26 日《惠州日报》)

全民微阅读系列

茶　香

茶室开在湖边，不大。茶室前面是供客人品茶的雅座，后面的雕花木柜里，茶叶、茶糕琳琅满目。

女人倚在茶室门口，美丽的身段包裹在茶绿色裙子中，裸露在外面的小腿像削了皮的嫩藕，白得耀眼。

有男人经过。女人扭着杨柳细腰跟过去，揪住男人的衣角。大哥，进去喝杯茶吧。女人的声音很甜，像裹着蜜。

女人身上淡雅的茶香，迷药般扑进男人鼻子里，男人情不自禁跟着女人走进茶室。

女人往青花瓷茶壶里加了几勺茶叶，将沸腾的泉水注入其中，数分钟后把头道茶水倒掉，再往茶壶注满沸水。女人的动作纯熟流畅，宛如舞蹈。

茶叶在沸水的浸泡下，如翠绿的蝴蝶在壶中翩然起舞，茶汤由淡绿渐渐变为青绿，袅袅茶香从茶壶里飘溢出来，飞到茶室每个角落。女人将鲜绿的茶水倒入杯盏，双手奉于男人跟前，大哥，请！

男人轻抿一口，好茶，好手艺！

大哥满意我就开心了，女人眼波流转，电光火石般射向男人。大哥，要不要品尝一下我做的茶糕？

好好好。女人仿佛是蛊惑人心的女妖，男人除了说"好"再也吐不出别的字眼。

女人端来一个精致的小碟，碟中的茶糕似晶莹剔透的绿宝石。女人优雅地分了一小块，送至男人嘴里。

好甜，男人说。

女人巧笑嫣然，大哥，茶叶和茶糕都是好东西，健康又养生。女人拍拍男人的啤酒肚，大哥，我的茶叶减肥效果特别好，你喝上三个月，我保证你像我一样苗条。女人说着，优美地转了一个圈，美得像一只蹁跹起舞的蝴蝶。

那我买两袋茶叶回去喝喝看，如果三个月没有瘦下来，我可要来找你麻烦了，男人说着放肆地抓起女人的手。

女人笑着推开男人的手，娇嗔道，我倒欢迎大哥时常来找我麻烦，小妹一个人寂寞得很呢。

男人准备离开，女人拉着男人的衣袖不放。大哥，带点茶糕给家人尝尝吧，这可是美容养颜的圣品，女人要是吃了，皮肤比豆腐还嫩。女人一声媚笑。

有你嫩吗？男人欲摸女人的脸。

女人偏头闪开男人的手，比我更嫩。女人媚眼如丝，把男人迷得晕头转向。

好，给我捡两袋茶糕。

大哥，一共五百块，女人拿着计算器算了一下说。

男人从钱包里取出六张票子，塞给女人，有一百是给你的小费。

女人盈盈秋波直瞅着男人，大哥，你真好。

男人喜滋滋走出茶室，女人紧跟其后，大哥，欢迎下次再来呀。

一辆黑色轿车停在路边，有个男人从车上下来，女人连忙迎上去，这不是李总吗？今天什么风把你吹来了呀。

男人说,我在旁边开会,顺便到你这里喝杯茶。

快进去吧,好茶给你留着呢。

女人沏了一杯茶给男人。大哥,这是上等好茶,它们长在山巅,山上云蒸雾绕,雨水充沛,茶叶吸取了大自然的灵气与精华,口感一流。

是你沏的,一定好,男人色迷迷地盯着女人。

大哥说笑了,这些茶叶都是漂亮的采茶女从茶树上一片一片摘下来的,她们把茶叶放进烧热的铁锅里,慢慢地揉呀揉呀,揉干了水气,揉进了她们的香气。不信你闻闻,茶叶里还带着她们的体香呢。

男人端起茶杯陶醉地闻了闻,香,比你还香,男人说着,顺势抓起了女人的手。

女人推开男人的手,大哥,小心被人瞧见,您是有身份的人,我怕人家在后头乱嚼舌根,损了您的面子和清誉。男人将手缩了回去。

大哥,这马上要过节了,准备给你的员工发什么福利?

我还没有想好,想来点儿有新意的,不要总是水果大米什么的。

大哥,我倒是有个想法。

说来听听。

给每位员工发一袋茶叶,再配上一包茶糕,他们准高兴,这茶叶呀不仅仅是茶叶,它代表着中国的传统文化,你把茶叶送给他们,他们会觉得你特别有内涵有品位。

你又开始推销茶叶了,男人脸一沉。

大哥,你要是订了我的茶叶,以后你来喝茶,我给你打折。女人双手摇撼着男人的肩膀。大哥,你就帮帮忙吧,小妹我一个外乡人,做生意多难呀,大哥难道不心疼吗?

男人心一软,好吧好吧,你呀,真是缠人的小妖精。

女人笑靥如花,大哥,那我们马上把合同签了吧。

女人把合同递给男人,男人爽快地签了字。大哥,能不能先给我一部分订金呀? 小妹我现在生意不好,房租都快交不起了,女人撒着娇。

好吧,真拿你没办法。男人从公文包里取出支票写了起来。

大哥真是好人,女人说。

男人坐了很久才依依不舍地离开。女人跟在后面热情地喊,大哥慢走,下次再来。

夜深人静,茶室打烊,女人两眼发光地数着一天的收入,手机突然响了。

喂,村主任,茶叶卖得不错,您叫乡亲们放心,那些囤积的茶叶,我一定会想办法卖完的。

辛苦你了,茶花,要不是你呀,乡亲们的茶叶都堆在家里发霉了。

村主任,你见外了,我也是茶农的女儿嘛。

女人挂掉电话,坐下来,给自己泡了一杯清茶,她轻抿一口,茶水在她唇齿间流动,起初略带苦涩,而后变得甘甜香醇。

淡淡的茶香萦绕在女人周围,透过薄薄的水汽,女人看到家乡那一片绿油油的茶园……

（原载《百花园》2014 年 4 期）

穿旗袍的女人

可以做我的女朋友吗？我鼓起勇气说出这句话，脸"刷"地红了。这是我第一次喜欢上一个女人。更确切地说，这是我第一次跟一个女人表白。我紧张地望着女人，心猛烈地跳着，像在法庭上等待宣判结果的被告者。

女人站起来，一袭蓝格子旗袍将她的身体勾勒得窈窕修长。她袅袅婷婷走到我面前，像月夜里冶艳的玫瑰花。我配不上你，女人轻笑着说。

女人笑得很美，她的笑容像一枚利箭，温柔地刺穿了我的五脏六腑。

在女人的笑声中，我黯然离去。

女人是一家旗袍店的老板。店子里，各色旗袍像姹紫嫣红的花朵盛放着，吸引了不少顾客光临。

每天上下班，我必须经过女人的旗袍店。女人发髻高挽，穿着花团锦簇的旗袍招呼客人，美得像从画里走出来的人儿。女人脸上永远绽露着笑容，那笑容，让人想起三月娇媚的桃花。

我无可救药地爱上了女人。

女人和别的女人不一样。现在的女人浓妆艳抹，露胳膊露腿，裙子一个比一个短。唯独她，曼妙的身姿被各种旗袍密密实实地包裹着，素面朝天，语笑嫣然。女人将来一定是贤妻良母，我想。

女人拒绝了我，拒绝得如此干脆，我似一只受伤的狼，虽然伤口很深，却没有击退我继续追求她的决心。

我对女人展开了更猛烈的攻势。我送玫瑰花给女人，女人笑着送给了她的客人。我请女人看电影，女人笑着说她没有时间。

我配不上你，再次对女人表白时，女人还是以这个老套得不能再老套的理由回绝了我。

我刚刚研究生毕业，在市电视台《焦点新闻》栏目做编导，工作稳定，家世也不错，单位里很多女同事对我暗送秋波。女人却对我弃之如敝屣，我十分心寒。

女人像一块千年寒冰，我怎么做也无法融化她。我决定放弃对她的爱恋，或许，还有更美的风景、更美的人值得我去追寻，我想。

穿旗袍的女人在我心中慢慢淡去，我一门心思扑在工作上。

《焦点新闻》栏目开播快十年时间了，总导演要我做一期十周年回顾的专题节目，这对我来说是一次重大的挑战。我决定不负厚望，做一期精彩的节目出来。

我找出以前的节目录影，一期一期认真看起来，五年前的一期采访深深吸引了我：

记者前往市中心医院探访一位女老师，几天前，在某学校门口，一辆卡车险些撞到两名学生，危难时刻，女老师推开学生，学生安然无恙，女老师却被卡车撞伤住进了医院。记者赶到医院，美丽的女老师谢绝了采访，她对着镜头淡淡地说，这只是每个人都应该做的事情。

女老师的善良紧紧揪住了我的心，我迫切地想了解女老师后来的境况。五年了，她的生活有没有因为车祸发生变化？这也是我做《焦点新闻》十周年回顾的珍贵素材。

我找到当时采访女老师的记者，记者说他不知道女老师现在的情况，因为女老师不愿意接受采访。

我赶到了市中心医院，找到了当年医治女老师的主治医生，主治医生说，当时女老师的情况很不好，右腿截肢了，至于其它情况他也不清楚。

我又来到女老师当时所在的中心学校，校长接待了我。校长说，那次事故后，她辞职了，她是学校的舞蹈老师，没有腿怎么教学生？当时，学校考虑到她的困难，劝说她到图书室做管理员，她断然回绝了，她说不想别人用特殊的眼光看她。后来，她一直未跟学校有过任何联系，校方对她目前的情况一无所知。

我从校长那里拿到了女老师家的住址。

深夜时分，我敲响了女老师家的门。门开了，一个拄着拐杖的独腿女人站在我面前。

这是我第一次看到女人没穿旗袍。

我的出现令女人很吃惊。你怎么来了，我跟你说过很多次了，我配不上你，她指着右腿空空的裤管幽幽说道。

女人的屋子很简陋。一台缝纫机放在角落，上面放着一件刚做好的旗袍，大花，织锦缎面料，灿若云霞。缝纫机旁，静静靠着一只几乎可以乱真的假肢。

从今天开始，让我做你的拐杖吧，我坚定地对女人说。

女人哭了，我第一次看到她流泪。

（原载《小说月刊》2012 年 5 期，《感悟向导》2012 年 8 期转载）

心　动

　　和一帮朋友喝酒,喝到酒酣耳热,大家聊起了"心动"的话题。洛说,我从未对哪个女人心动过。朋友们笑得把酒都喷出来了,切,你就别装纯情了,鬼才信呢!洛抿了一口酒,认真而严肃地说,我真没有心动过,我都不知道那是一种什么样的感觉。说着,洛举起双手,我对天发誓,真没有心动过。朋友们又笑,你就编吧。

　　洛说得是真话,快40岁了,英俊潇洒,事业有成,但洛从没对某个女人动过心。洛有女朋友,家里人介绍的。女朋友长相不俗,学历高,最重要的是女朋友家世显赫,这对做生意的洛来说,当然是助力的东风。和女朋友恋爱多年,已到谈婚论嫁的阶段,可不知为什么,洛丝毫没有即将步入婚姻殿堂的幸福和憧憬。虽然,女朋友各方面条件皆佳,但洛对女朋友根本没有心动的感觉。洛和女朋友在一起的目的是为了结婚,实现父母和亲友的期望。

　　洛原本以为自己一辈子不会心动,直到看到她。

　　母亲生日,洛到花店买花。到花店时,一个女人正在插花,她背对着他,一条雪白的棉布裙子包裹着纤细的背影,乌亮的长发如瀑布直泻腰间。洛走近女人,她身上淡淡的芬芳飘进洛鼻子里,洛突然感到一丝眩惑。洛轻咳了声,老板,买束康乃馨。女人回头,洛仿佛被电击了,呆了一下。这是一张清秀柔和的脸,不明艳却脱俗,不夺目却清新,像夜空里的弯月亮,淡淡的,恬静而婉约。女人朝洛一笑,浅浅的,似一朵茉莉绽放在月光里。洛醉了,心湖宛如被人投注了一块巨石,泛起了圈圈涟漪。这种感觉从来不曾有。

女人把包好的康乃馨给洛。洛抱起花,依依不舍地走出花店。出门后,洛没有离开,在门口的树下站了很久很久。女人蹲在地上,娴熟地修剪花枝、插花。洛静静看着女人,宛如欣赏一幅唯美的画,他的心在胸腔里猛烈地颤动着。洛知道,洛对女人心动了。良久,洛才极不情愿地离开。

为了能看女人一眼,洛每天找不同的理由来花店买花。洛知道这样做是不对的,因为他有女朋友,而且马上要结婚了,但洛不能控制自己,更不能控制自己的心。每晚入睡前,洛会想起女人,想女人说过的每句话,想女人云朵般温柔的笑靥,想和她相处的每分每秒。梦里,女人抱花的身影飘来飘去。梦醒后,无尽的惆怅如潮水把洛淹没。

婚期一天天临近,洛的难过一天天加深。订酒席,发请柬,一切都按计划有条不紊地进行着。

洛给女人送来请柬,女人把一束百合花放进洛怀里。送给你,恭喜你,祝你们百年好合!女人淡淡地笑,笑容里有着一抹掩饰不了的忧郁。洛的心在滴血,痛入骨髓。

婚礼马上就要举行了,洛不再去找女人。洛每天都收到亲朋好友的祝福,大家都为洛感到喜悦,只有洛独自难过。

瓶子里,女人送洛的百合花渐渐枯萎,凋零,洛的心也跟着枯萎,凋零。洛疯狂地想念女人,想着她,洛吃不下饭,睡不着觉,做不了事。终于,洛压抑已久的难过像火山般爆发了,他郑重地跟大家宣布:我要取消婚礼,我不结婚了。亲朋好友都说洛疯了,你的女朋友多优秀啊,你和女朋友多么配般啊,凭你女朋友的家族势力,你的生意会越做越大,婚后你会飞黄腾达,会过很风光的生活,这些,多么重要啊!洛拍拍胸口,说,是的,这些都很重要,很重要,但是,它们有我的心重要吗?

洛从家里跑出来,他漫无目的地在街上走,走着走着,走到女人的花店。老板,我买束花。

什么花?

栗子花。

女人把栗子花包起来给洛。洛付了钱,捧着花,递给女人,说,这束花,送给你!

栗子花代表真心、心动,送给我不合适。

洛一把抱住女人,抱得很紧很紧,容不得女人挣脱。

你疯了吗?你马上就要结婚了,女人说。

我不结了。

为什么?

因为这一生,只对一个女人动过心,这个女人就是你。

女人瞪着洛,泪水如幽深的湖水漫入她眼眸,莹莹发亮。女人轻轻地说,9月4日,阴,我们第一次见面,你买了康乃馨,你说要送给母亲。9月5日,晴,我们第二次见面,你买了红玫瑰,你说要送给女朋友。9月6日,小雨,我们第三次见面,你买了郁金香,你说要送给女下属。9月7日,大雨,我们第四次见面,你买了马蹄莲,你说要送给女同学……

你竟全部记得?洛打断女人的话。

我记得和你相处的每一分,每一秒,因为……我对你也心动了。女人垂首,两朵红云爬上脸庞。

两个人相拥一起。

（原载《东江文学吗》2017 年 2 期）

最后的见面

洁白的婚纱放在床前,云朵般美丽。

柳眉儿拿起婚纱,在穿衣镜前比试了下,抬头看墙。墙上,男孩的笑容定格在黑白相片中。柳眉儿注视着男孩,目光久久不能移走。

柳眉儿的母亲走过来。明天你就是新娘了,有些东西该忘了。说完,母亲把墙上的照片取下来,锁进了抽屉里。

柳眉儿幽幽抚摸着婚纱,说,明晧在天上看着我呢!明天,我一定会是世上最幸福的新娘。

"往事不要再提,人生已多风雨,纵然记忆抹不去,爱与恨都还在心里……"一阵熟悉的旋律从外面传来,在柳眉儿耳畔隐隐回响,她浑身一凛,这首《当爱已成往事》,是明晧最喜欢唱的歌啊!明皓离开后,她再也不敢听这首歌,因为听到这首歌,她会想起明皓,心会撕裂地痛,泪会不停地流。

柳眉儿飞速打开门,快步跑出去。歌声像一根有魔力的丝线,牵引着柳眉儿走下楼,走出小巷。

巷口,一个没有双腿的男人坐在轮椅上,边弹吉他边唱歌,"你不曾真的离去,你始终在我心里,我对你仍有爱意,我对自己无能为力……"他唱得很投入,声音沧桑而沙哑,似在娓娓诉说一个伤感的故事。

柳眉儿呆立在男人面前,眼泪无声地流。

那年，高二。柳眉儿经过操场，有个男孩坐在樱花树下，边弹吉他边唱《当爱已成往事》，歌声清亮欢快，宛如天籁。柳眉儿好奇地看了男孩一眼，走了。没走几步，歌声戛然而止，背后传来男孩的话：哎，你长得很好看，你知道吗？柳眉儿忍不住扑哧一笑，回过头，说：哎，你长得很像坏人，你知道吗？男孩调皮一笑，露出两排洁白的牙齿：男人不坏，女人不爱啊！柳眉儿脸一红，匆匆跑掉了，男孩的笑声在她身后久久回荡。

柳眉儿和男孩好上了。男孩就是明皓。

明皓是校园里出了名的坏学生，打架，抽烟，酗酒，校长经常在大会上公开点名批评他。有次，校长收到一封匿名信，信里有一把仿真手枪，还有一颗仿真子弹，校长吓得心脏病突发住了院。学校报了警。经过调查，匿名信是明皓寄的。

明皓被学校开除了。

大家劝柳眉儿离明皓远点，可柳眉儿就是喜欢他。明皓说，傻丫头，每个人都说我坏，只有你觉得我好。

有段时间，电视剧《士兵突击》很火，柳眉儿痴迷剧中的军人，她对明皓说，他们这些当兵的，多么英勇啊，他们才是真正的男子汉！

高中快毕业时，明皓突然向柳眉儿告别。大学就留给你们这些书呆子去念吧，我当兵去了，下次回来，一个真正的男子汉站在你面前，你可别不认得啊！柳眉儿大笑，去改造一下也好，免得将来杀人放火，危害社会。不过，你会不会过几天就蔫不拉叽地跑回来？明皓捏着柳眉儿的耳朵，小样，你等着瞧！

明皓走了就没回来，在部队一待就是五年。

一个夏天，东北某工厂发生火灾，明皓所在部队被派去救援。救援中，明皓救了 12 个人出来。救援接近尾声，明皓听说还有一个小女孩被困在三楼,他再次冲进熊熊火焰中,找到被困女孩,火势越来越大,紧急时刻,他把女孩抛向楼下的救生垫。女孩得救,明皓却再也没有出来……

男人唱完了,柳眉儿还不肯走。我唱得好听吗？男人问。

好听。

那你还不赶快打赏点钱给我。

柳眉儿上上下下翻遍了口袋。不好意思,出来太急了,忘记带钱包了。

唱了半天,一分钱没挣到,我看你头上的发夹挺好看的,要不,送给我,我今天也不至于空手而归。

好。柳眉儿从头上取下发夹,递给男人。我以前的男朋友也喜欢唱这首歌。

男人很不屑。他唱得有我好吗？

当然！在我心里,没人比得上他。

柳眉儿的母亲急匆匆跑过来。眉儿,你怎么跑这里来了,赶快回去,明天婚礼还有一大堆的事情呢！

母亲拉着柳眉儿走了。男人望着柳眉儿的背影消失在小巷深处,他一遍遍抚摩着手里的发夹,笑了,笑得满脸泪花。

一个绿军装从大树背后走出来,推动了男人的轮椅。明皓,你已经见了她最后一面了,咱们该回部队了。

排长,明天她真的会幸福吗？

明天,她将会是最幸福的新娘,虽然新郎不是你。

在那次火灾中,明皓被大火烧伤了脸,烧坏了声带,倒塌的房梁砸断了他的双腿,他让部队和父母告诉柳眉儿,说他被大火烧死了,烧成了灰烬。

明皓,刚才整容医生打电话来了,说你的脸还要进行最后一次修复手术。

　　绿军装推着轮椅向前行走，明皓回头，朝小巷望去。小巷深深，空无人影……

（原载《南飞燕》2016 年 7 期）

轻飘飘的旧时光

很多年了，红枫林的女孩常常浮现在他脑海里，挥之不去。

那年秋天，比往年都要温暖一些，刚刚上大二的他加入了学校志愿者队伍。星期天，他和志愿者们到郊外一所孤儿院开展志愿者活动。

他把亲手制作的礼物送给孩子们，和他们一起唱歌跳舞、玩游戏，孩子们纯真的笑脸深深感染了他。快乐的时光总过得很快，不知不觉中，已经和孩子们度过了一个愉快的上午。

中午，孩子们午睡了，孤儿院一片寂静。久居城市的同学们兴致盎然地去周围看山看水看风景。

他被孤儿院前的枫树林吸引了，便悄然走了进去。

正值深秋，火红的枫叶纷纷扬扬飘落着、飞舞着，宛如下起了红色的雪。红叶散落了一地，映着金色的阳光，大地仿佛铺上了一层熠熠闪光的红绸缎。

"沙沙沙"，伴随着一阵细碎的脚步声，两个人影突然闯入他的视线里。一个女孩牵着孤儿院的小男孩走了过来。女孩十八九岁的样子，乌亮的头发用紫色缎带随意束着。远远望去，女孩就像一朵安静绽放的雏菊，素洁、淡雅。

小宝为什么不睡午觉？女孩蹲下来，柔声问着小男孩。我想和姐姐一起玩，小男孩说。女孩笑了，明媚的笑容如红枫叶般绚丽。女孩从地上拾起一片枫叶,说,小宝,你看它多像一架红色的飞机呀。说着,女孩挥手将枫叶扔了出去。

枫叶从女孩手里飘了出去,小男孩奋力追赶着枫叶,一个趔趄跌倒在地上,小男孩哇哇哭了起来。女孩快步走到小男孩跟前,把小男孩抱起来。

女孩发现小男孩的裤子跌破了一个圆圆的洞,她亲昵地刮刮小男孩的鼻子,说,不要紧,姐姐变个戏法,让这个洞变成一只小白兔,行吗?小男孩破涕为笑,欢欣雀跃地答应了。

女孩从随手携带的小包里取出一个紫色的盒子,打开,从里面取出细针和白色的线。她手指紧捏着针头,娴熟地在小男孩的裤子上飞针走线,没多久,小男孩裤子的破洞被可爱的兔子图案覆盖住了,兔子雪白如玉,栩栩如生。

女孩和小男孩笑了起来,如火的枫叶在他们头上飘舞。他被这温馨的画面深深地打动了。他屏住呼吸,不敢出声,生怕自己破坏了这幅美丽的画卷。

良久,他鼓起勇气,想走过去和女孩打声招呼。这时,他的同学跑过来喊他回去。校车到了,该返校了。

他依依不舍地离开了。之后,女孩的影子每天出现在他心里、脑海里、梦里。他陷入对女孩深深的思念之中。

星期天,再到孤儿院的时候,他又跑到枫树林里。他想在这里再次邂逅女孩。

从清晨等到黄昏,他没有看到女孩,只看到无边的枫叶萧萧落下。

他向孤儿院的工作人员打听女孩。工作人员说,这个女孩是个义工,没留名也没留下联系方式,他们也无法找到她。

从此以后,他每个星期天都去孤儿院,却再未见到过那个女孩,失落如潮水般将他淹没。

大学毕业后,他参加了工作,但红枫林的那个女孩依然常常浮现在他脑海里,挥之不去。虽然女孩的样子在他记忆里已模糊,但她飞针走线绣兔子的情景依然清晰如昨。

他想找一个像女孩那样善良可爱的姑娘做女朋友。他寻找了很久,却没有找到。

十几年过去了,他已过而立之年,家人为他的婚事着急,不停地给他相亲。他开始和一个开十字绣店的女人交往,只因为她也会绣东西,绣花、绣树、绣人。只是她不会绣兔子。

他的婚礼很盛大,来了很多客人。伴郎是他的表弟,伴娘是妻子刚从国外回来的表妹。新郎新娘郎才女貌,艳光四射。

看着穿婚纱的妻子脸上溢满幸福的红晕,他在心里默默与女孩道别:绣兔子的女孩,再见!从今天开始,我要学会慢慢淡忘你了。

和妻子给宾客敬酒时,他不小心踩到了妻子婚纱的裙摆,嚓,裙子破了一个大洞,妻子有些生气,婚纱破了洞怎么见人呀?

一旁的伴娘微微一笑说,表姐不怕,看我的。伴娘从随手携带的小包里取出一个紫色的盒子,打开,从里面取出细针和白色的线。她的手指紧捏着针头,娴熟地在妻子的婚纱上飞针走线,没多久,婚纱的破洞被可爱的兔子图案覆盖住了,兔子雪白如玉,栩栩如生。

他惊呆了,半天没有回过神来。

此时,酒店的背景音乐正放着他大学时流行的歌曲:乌溜溜的黑眼珠和你的笑脸,怎么也难忘记你容颜的转变,轻飘飘的旧时光就这么溜走,转头回去看看时已匆匆数年,苍茫茫的天涯路是你的飘泊,寻寻觅觅长相守是我的脚步……

一滴泪从他眼里滑了出来。怎么了?妻子问。这酒太呛人了,他回答。

轻飘飘的旧时光就这样溜走了。

(原载 2016 年 8 月 22 日《河源日报》,《小小说选刊》2016年 19 期转载,《小小说月刊》2017 年 8 月上半月刊转载,入选《2016 中国年度小小说》一书)

第二辑

静窥红尘

紫藤花园

　　高高的院墙,朱红色的院门,门上悬挂着"紫藤花园"的牌匾。院墙内,白墙黑瓦的洋楼优雅而精致。楼前,盛放的紫藤花宛如紫色的云雾在蒸腾、燃烧。

　　院中,紫藤花下,紫藤慵懒地躺在红木椅上,一袭雪白的棉麻袍子将她美丽的脸庞映衬得更加苍白。紫藤是父母唯一的孩子,父母给她创造的财富,她几辈子也用不完。父母生意忙,常年在外,她独守着紫藤花园,每天除了吃饭、睡觉,就是望着满院子的紫藤花发呆。外面,缤纷繁华的都市与她仅有一墙之隔,但她并不想打开门、走出去。父母无数次告诉她,外面的世界险恶,外面的人心复杂。

　　一阵敲门声突然打破了院子的寂静。谁?紫藤紧张地直起身。紫藤花园一向鲜少有人光顾。我是家政公司新派来的钟点工,一个清脆响亮的女声说。

　　紫藤打开门,一个女孩子风风火火闯进来。女孩子和紫藤差不多岁数,纯朴的脸蛋上荡漾着青春的红晕。我叫红红,今天,由我来为紫藤花园服务。红红笑着伸出手,热情地抓住紫藤的双手,让紫藤有些难为情。很高兴认识你!红红笑得像一朵花儿。

　　红红是紫藤花园的第 21 个钟点工了,前面 20 个钟点工,要么干活偷懒,要么偷吃家里的水果,要么顺手牵羊拿走家里的小东西,要么和紫藤相处不融洽。于是,紫藤花园的钟点工换了又换。

　　红红从随身携带的工具箱里拿出抹布，走进屋子打扫起来，她弯着腰，耐心细致地擦拭着客厅，那些角角落落，她都没有放过。红红干活认真卖力，对站在门口的紫藤浑然不觉。收拾完房间，红红没休息，立即奔向院子，一下子撞到紫藤身上，红红吓了一跳，随即哈哈大笑。你吓死我了，你看你，头发长长的，裙子长长的，脸上一点表情也没有，真像个女鬼。说着，红红亲热地拍了一下紫藤的肩膀，说，以前在你家做过的钟点工，经常在背后谈论你呢，说你从不笑，像幽灵，像女鬼。所以啊，她们都害怕来你这里，不过我不怕，只要心里没鬼，啥也不用怕。哎，你真应该多笑笑，都说爱笑的人运气不会差。红红喋喋不休地说着，笑声不时飘荡在紫藤花园里。

　　红红给紫藤树浇水，阳光猛烈，她的脸上缀满了汗珠。紫藤拿了纸巾走过去，看你满头大汗的，擦一下吧。红红爽朗一笑，说，不用了，我啊，最喜欢干活时，汗珠落在地上的感觉，感觉特别带劲。你知道吗？汗水落在地上是有声音的，不信你听一听。紫藤第一次听人说汗水落在地上有声音，想笑，又忍住了。红红说话时，脸上的一颗汗珠子掉下来，紫藤急忙蹲下身子，低下头去听，她似乎真的听到了汗水落地的声音，“啪”的一声，轻轻地，但她听到了。傻姑娘，你真听啊。红红看着紫藤的样子，哈哈笑了起来，她们都说你不好相处，我倒觉得你蛮可爱的嘛！对了，你多少岁？紫藤说，我25岁，你呢？哇，你跟我同龄，我今年也是25岁，红红叽叽喳喳的，像只快乐的小鸟。

　　侍弄好紫藤花，红红问紫藤，你午餐想吃什么？只要你报上菜名，没有什么菜我不会做的。紫藤说，我只想吃番茄炒蛋。这么简单啊，我以为你最少也得点个佛跳墙什么的呢！红红有点意外。紫藤说,那些复杂的名菜,我吃腻了,番茄炒蛋,我好久没有吃过了。红红说,番茄炒蛋好,也是我最爱吃的菜,记得小时候,我家养了几只大母鸡,我天天盼望着它们下蛋,好吃番茄炒蛋,但我一次也没有吃到过,家里所有的鸡蛋,都被妈妈拿出去卖钱贴补家用了。

很快,红红便做好了午饭,一盘青翠欲滴的青菜,还有一盘番茄炒蛋,鲜红的番茄包裹着金黄的鸡蛋,如一幅美丽的水彩画,很是养眼。紫藤拿起筷子,狼吞虎咽地吃起来。红红看着紫藤,说,其实啊,快乐和幸福都很简单,你说是吧?看你这个大小姐,一盘番茄炒蛋都吃得这么开心。

红红继续说,你应该多去外面走走,外面的世界很精彩,外面的人也很可爱。别老窝在家里,别辜负了大好时光啊。

红红临走时,突然大叫一声,差点忘了,我带了份礼物给你。红红从门口捧进一盆仙人掌。这是我养的,我要回老家了,送给你吧。所有的花草中,我最喜欢的就是仙人掌,它不像温室里的花朵,在任何地方都能野蛮地生长。今天是我在城里的最后一天,现在我弟弟大学毕业了,家里的房子也建起来了,以后啊,我不用出来打工了。

红红走了,紫藤站在阳台上,望着外面的世界发呆,红红说的每句话不时在她脑海回响。

第二天一早,紫藤提着行李,走出了紫藤花园。紫藤花园里,有紫藤留下的纸条,上面只有几个字:外面那么大,我要去看看。

(原载 2016 年 5 月 10 日《河源日报》)

刘大个子

身高一米八七，身材魁梧壮硕，站起来像座小山，走到哪里都比别人"高人一等"。他有名字，大家却习惯叫他"刘大个子"。

刘大个子从小的理想是做医生，却因为长得高、身体素质好，被选进了省篮球队。常年跟随教练四处打比赛，大大小小拿了不少奖项，刘大个子还是做着当医生的白日梦。逢节假日，别的队员像脱缰的野马跑出去玩，刘大个子却独自躲在宿舍，饶有兴趣地看《本草纲目》《千金方》等医书。

退役后，刘大个子被分配到县体育局，依然对医学保持着近乎痴迷的热爱。一有空，便跑去图书馆查阅医学典籍，或是跑去表哥开的诊所免费帮忙，为的是能偷师学艺几招。每月发工资后的第一件事情就是去旧书市场淘医学资料和书籍。刘大个子家里，有一半装的是他的医书，规模堪比一个小型图书馆了。

结婚生子后，刘大个子的心愿是把儿子培养成医生，可事与愿违，儿子对医学一点兴趣也没有，从政去了，刘大个子伤心了好一阵子。

退休后，刘大个子把所有的心血和精力放在了自学上，他买来全国十几所知名医科大学的课本，白天看，晚上读，乐此不疲。整整十年时间，他几乎把大学医学知识读了个遍、摸了个透，笔记做了满满30大本。老婆笑他是傻子。他呵呵一笑，子非鱼焉知鱼之乐？医学里的乐趣多着呢！

每当听闻亲戚朋友有什么病痛，刘大个子会亲自登门，告诉他们这个病该怎么治，该吃什么药，滔滔不绝，说得一套一套的。人家当然不信他，一个搞体育的，四肢发达头脑简单，哪里会懂医？人家跟刘大个子说，医学博大精深，哪是你说懂就懂的？刘大个子不服气，说这个病在某书的某页有记载，上面清楚地记载了治疗方法，不信我拿给你看。不一会儿，刘大个子从家里取来了书，翻开，果然和刘大个子说得一模一样，就连书名和页码也准确无误。大家虽然震惊，却只愿承认刘大个子的记忆力好，仍然对他的医术将信将疑。

刘大个子不顾家人的反对，开了间诊所，找他看病的人寥寥无几，谁也不相信一个搞体育的人会看病。老婆劝他关了诊所，刘大个子却不急，他说，时间会证明我的医术。

刘大个子听说邻居王老三的儿子石头得了鼻癌，躺在床上等死。王老三的爹得了鼻癌，刚去世一个月。刚死了爹，又要死儿子，王老三一家整日以泪洗面，正在筹备儿子的后事。刘大个子来到王老三家，对着石头的鼻子看了又看，摸了又摸，说，石头的确病得不轻，但只要你们按我开的药方吃上五天，保证痊愈。王老三说，石头的症状跟我爹的症状一模一样，我爹吃了那么多药都没救到命，你的药是神药？刘大个子神秘一笑，说，你按我说的做就是了。王老三一家人抱着死马当作活马医的心态，给石头服了刘大个子开的药，结果五天后，石头下了床，活蹦乱跳，竟痊愈了。人们好奇刘大个子究竟使了什么手段，让石头起死回生。刘大个子哈哈大笑，说，石头根本不是鼻癌，只是普通的鼻炎，他是看到他爷爷得鼻癌死了，整天害怕，疑神疑鬼，总觉得自己也得了癌症，病倒了，这个世界上，很多人本来没有病，却自己吓自己，被自己吓病了，人啊，心态很重要啊。

医治好了石头，开始有人找刘大个子看病了。卖菜的李大姐，患顽固咳嗽半月了，找刘大个子医治。刘大个子给她开了一个星期的药。李大姐吃了一周药感觉没什么效果，依然咳嗽。这时，有亲戚给李大姐带来一瓶青橄榄，她吃了两颗，竟然不咳嗽了。李大姐很气愤，逢人便说，刘大个子开的药没有用，还不如两颗青橄榄。

李大姐的话传到刘大个子的耳朵里，刘大个子并不恼，还要请李大姐吃早餐。李大姐欣然前往。在王记烧饼店，刘大个子请李大姐吃了三个烧饼，问，李大姐你吃饱没有？李大姐不好意思摇摇头。刘大个子说，那我们去别的地方继续吃。刘大个子领着李大姐来到旁边的陈记烧饼，又点了一个烧饼给李大姐。这次，李大姐一个烧饼只吃了一半就满足地摸摸嘴说，吃不下了，这回真饱了。刘大个子会心一笑，佯装着李大姐的口吻和声音，说：王记的烧饼没有用，我吃了三个都没吃饱，陈记的烧饼我只吃了半个就饱了。李大姐摸摸头，恍然大悟，尖叫一声，哦，原来，是你治好了我的咳嗽啊，不好意思，刘大个子，我错怪你了。

第二天，李大姐把一面锦旗送到刘大个子的诊所里，锦旗上书：妙手仁心。

从此，再也没人不相信刘大个子的医术了，找他看病的人越来越多了。刘大个子成了真正的医生。

女人一生的眼泪

最近,她双眼刺痛,时不时流眼泪。她并未放在心上。可能是年轻时哭多了吧,她想。

她这一生,不知流过多少泪。

12岁,她的父母在45天内全离开了。拉扯着两个年幼的弟弟,她吃尽了苦头。有一天,她从地里干活回来,看到瘦的皮包骨的两个弟弟正把双脚放进灶膛的柴灰中,双腿沾满了灰尘,又冷又饿的她气得想吐血,拿起竹条就朝两个弟弟身上抽打。她心里的委屈、脆弱在那刻如火山爆发。叫你们不听话,我每天累死累活的,还要管你们两个拖油瓶,快说,你们为什么要玩灶灰?竹条抽打在弟弟身上,也疼在她心里。姐姐,太冷了,我们没有鞋子穿,把脚放进灶灰里会暖和一点儿,姐姐,别打了,以后我们再也不敢了,小弟弟瑟缩着发抖的身子说。她心如刀割,扔掉竹条,紧紧抱住两个弟弟,泪如泉涌。

25岁,她才出嫁。为了照顾两个弟弟,她推迟了自己的婚事,在那个年代,算高龄老姑娘了。婆家穷,家徒四壁,分家时,他们小两口只分到两个破瓷碗和一口铁锅。她整天在地里辛勤挥洒血汗,粮食仍然不够吃。那天,她打开米缸,已经见底了。正愁午饭没着落时,她的舅舅来了。舅舅提着一个小布袋子,打开,是半袋玉米面。闺女,我们家的粮也不充足,我背着你舅妈偷偷拿来的,你救几天急吧。舅舅说完,没喝一口水就走了。她站在门口,目送着舅舅离开。舅舅老了，背驼得像座小山，花白的头发在寒风里轻轻抖动，每走一步路，都显得有些吃力。她望着舅舅消失在视线里，眼泪像断了线的珠子，不停地往下流。

27 岁，她生了一个儿子。当时，她的男人为了贴补家用，在外地修公路。刚生完孩子，她就下床了，她得洗衣服、喂猪、喂鸡、做饭吃，大大小小的事情都得她动手。那天，她在小河里洗儿子的尿布，河风吹得岸边的树叶簌簌作响，她想起了家乡的风俗：女人坐月子不能吹风，吹了风眼睛会变成"月风眼"，以后会流泪不止。她觉得自己的命真苦啊，想着想着，她的眼泪"唰"地流下来，顺着河水一直流向远方。

48 岁时，儿子考上了大学，在为儿子高兴的时候，却为高昂的学费犯起了愁，好强的她撂下脸面，找亲戚找朋友，说尽了好话，又把家里的鸡和猪全卖了，总算是凑足了学费。傍晚，她把儿子的学费放在枕头上，厚厚一沓，她一辈子都没见过那么多钱，费了多少口舌，说了多少求人的话，挥洒了她和男人多少血汗，才换回这些钱啊！望着那些钱，她一夜未眠，眼泪打湿了整个枕头。

56 岁时，儿子从城里打回电话，声泪俱下，不停地跟她说对不起。原来，儿子沾上赌博的恶习，欠了 10 多万债务，正被放高利贷的追债。她心急如焚，连夜赶到城里，她恨铁不成钢，发疯似的对儿子一阵痛骂。儿子跪在她面前，不停地给她磕头，妈，我错了，我真的是鬼迷心窍啊，再不筹到钱，他们会杀了我啊，妈，我再也不赌了，再赌你就剁了我的双手。儿子脸色惨白，心理压力的折磨已让他整个人瘦得只剩下一幅骨架，整个人没有一丝生气。她又气又心疼。你真是造孽啊！她不停捶打着儿子，眼泪再次流下来，打湿了儿子的肩膀。她回老家，卖了老屋，拿出她和男人攒了一辈子的钱,总算给儿子还清了赌债。

60岁时,儿媳妇给她生了一个孙女。儿子儿媳工作忙,叫她进城帮忙。她进了城,每天操持家务,带孙女,忙得像只不停转动的陀螺。她不习惯城里的一切,外面全是高楼大厦,邻里邻居不相往来,城里的普通话她听不懂,她说的家乡话别人也听不懂。她想念老家,想念她的男人,她担心老家伙在老家吃不饱穿不暖,她想念她的庄稼地,想家乡那帮贴心的老姐妹。这些心事,她不敢告诉儿子儿媳,怕他们操心。那晚,半夜她突然醒了,窗外月光如水,她披衣起床,站在阳台上,望着夜色里繁华的城市,她的眼泪静静地淌下,无声地落在铺满月光的地上。

这几天,她的眼睛越来越疼,不停地流眼泪。她想去医院看看,又怕家里没人照顾,孙女太小需要人看管,儿子儿媳下班回来得有饭吃,家里的花草得有人浇水。家里大小事情都离不开她。她想再忍几天吧,说不定过几天眼睛会好一些呢。

她的眼睛疼得更严重了,半个月后,眼睛肿了起来,晚上完全没办法闭上眼,看东西越来越模糊了。她这才跟儿子说,忙碌的儿子这才留意到她的眼睛。儿子把她带到医院。医生说,太晚了,你这眼睛治不好了。儿子很生气,不停埋怨她,眼睛有问题也不早说。她问医生,我这眼睛是什么原因引起的?医生说,外因内因皆有,外因估计是你以前哭多了,内因嘛,你的眼睛本身不是很好,泪腺什么都堵塞了……

刹那间,她的眼睛突然一片黑暗。这次,她却没有哭,因为她一辈子的眼泪已经流光了。

（原载 2016 年 4 月 17 日《宝安日报》,《微型小说选刊》2016年 13 期转载）

全民微阅读系列

美容师之家

顾客是上帝,她深知这点,所以每位光顾她早餐店的客人,她都会以最大的热情迎接、招待。

男人的出现却让她心里有些不悦。男人穿着这座城市环卫工人特有的绿色工作服,身上沾满了一块块的污渍。进店后,男人找个座位坐下来,粗糙的双手略显拘谨地搭在桌子上。她暗自皱起眉头,心疼起自己的桌椅,被她擦得一尘不染的桌椅肯定会被男人弄脏。

有面条吗?给我来一碗。男人舔了舔干枯的嘴唇说。

有牛肉面、鸡蛋面、肉丸面、青菜面,你吃哪样?

多少钱一碗?

牛肉面、肉丸面8元,鸡蛋面6元,青菜面5元。她有些不耐烦。

要一碗青菜的。

她快速下好面条,端到男人面前。男人身上的汗臭味钻进她的鼻子,她赶紧走开。她在心里盼望,盼望男人尽快把面条吃完,尽快离开。

男人把一碗面条吃得"吧唧吧唧"响,碗很快见底。最后,碗里连一根面条、一滴汤汁也不剩。结账!男人说着站起身,从口袋里取出一叠脏兮兮的零钱,抽出一张5元递给她。

男人离开,她总算松了口气。让他始料未及的是,男人刚走到门口,突然转头走了回来。老板,借你的厕所用一下。没等她回话,男人急匆匆往店后的厕所走去。

她心里的火一下子蹿上来。哎,你给我站住,我店里的厕所不对外开放的,你去别的地方找公厕吧!

男人停下脚步,不好意思朝她笑笑,深深的皱纹像一条条细长的虫子趴在脸上,令她感到厌恶。男人垂下头,尴尬地走了出去。真没见过这么随便,这么没素质的人,她在心里骂道。

半年后,她去另一座城市办事,或许因为路上水喝多了,她急切地想上厕所。走了半条街,也不见公厕的影子。难道活人真能被尿憋死?她急得像热锅上的蚂蚁,看到路边有间便利店,一头钻进去。女店主笑意盈盈地向她点头问好。能否借您的卫生间用一下?她如同找到了救命稻草。女店主脸上的笑容瞬间消散,冷冷地说,我店的卫生间不对外开放的,你去别的地方找公厕吧。她如同被人当头一棒,店主的话多么熟悉啊,她突然想起,她曾对一个环卫工人说过同样的话。

灰溜溜走出便利店,她早已顾不上矜持和形象,逢人便打听公厕在哪儿。有个行人说她不远处有家劳保用品店,那里可以上厕所。她按照行人说的路线,弯腰一路小跑过去,找到了小店。店门左边挂着一个大牌子,上面写着几个醒目的红字:免费为环卫工人提供厕所和热开水,欢迎光临。她冲进店,墙上画着厕所的指示箭头,按着指示的方向,她顺利找到了厕所。

从厕所出来,她才仔细观察起小店来。小店的柜台上摆满了劳保用品,地上整齐地放着一排排开水瓶子。店主是个中年男人。谢谢你的厕所,她说。店主和善一笑,说,小事情。他们说话的时候,不时有穿着工作服的环卫工人进进出出,他们给店主打个招呼,然后像自家人一样,拿起开水瓶给茶杯加开水,坐下来喝几口。有的拿着方便面加开水泡,或者去厕所方便一下,然后离开。

你认识他们？她好奇地问。

当然认识,城市的每个角落里都有他们忙碌的身影,我们每天都能看到他们,怎能不认识呢？虽然我不知道他们的名字,但他们都叫环卫工人。

店主说着,望向门外。门外,一个环卫工人正挥汗如雨地清扫着地上的落叶。他接着说,环卫工人,人们都尊称他们是城市的美容师,可是,又有多少人真正尊敬、爱护过他们？他们干着最辛苦的活,拿着最低的工资。我父亲做了一辈子的环卫工人,他用扫大街赚来的辛苦钱养活了我们一家人,从没说过一句苦和累,他觉得这是他的工作,是他应该做的。记得有次,我问父亲的心愿是什么,他告诉我,他的心愿很简单,就是在干活累的时候有口热水喝,不用拖着疲倦的身子四处找公厕。从那时起,我就决定为父亲做点事,为环卫工人做点事。后来,我开了这间店,它不仅是一间店,也是环卫工人的家。

你真不简单！她由衷地说。

其实很简单,只不过每天多烧几瓶开水,只不过把厕所借给他们用一下,只不过多放几张椅子供他们暂时休息一下。只要想做,任何一个人都可以做到。店主笑起来。

她想起到她店里借厕所的环卫工人,想起了他沧桑的脸,想起了他粗糙的双手……她的心里有深深的后悔。

几天后,她的早餐店门口多了一块牌子,牌子上面是"美容师之家"几个大字,牌子下边是醒目的红字:免费为环卫工人提供厕所和热开水。

（原载 2016 年 3 月 20 日《惠州日报》）

心花朵朵

饭　碗

虽是老实巴交的农民,德柱心里却埋藏着一个作家梦。

忙完地里的农活,德柱会拿起纸和笔,走进庄稼地,坐在田埂上,写点小文章,叫儿子用电脑打出来,投进市里各大报刊的邮箱。大多时候,他的文章总是石沉大海,杳无音信。偶尔,才会有一两篇"豆腐块"发表出来,每每此时,他兴奋得如同中了大奖,拿着"豆腐块"四处给人看,看!我的文章发表了!于是,村里人见到他就说,大作家,你好牛!虽有嘲讽的意味,他却不恼。老伴说,别瞎写了,又不能当饭吃,再说,你一个土老冒,能当上作家?他呵呵一笑,说,别门缝里瞧人,大作家马力,以前也是农民,人家还捡过垃圾要过饭呢!呛得老伴无言以对。

这天,德柱在地里割稻谷,累到浑身虚脱才回家吃午饭。他端起饭碗,边吃饭边看电视,无意中听到电视里播出了一个通知:今天下午两点,著名作家马力将在西湖丰湖书院乐群堂举行演讲和新书签售活动。他一个激灵站起来,看看墙上的时钟,指针正指向下午一点。马上坐车出发,一个小时应该能赶到西湖,他想。这时,外面响起了汽车鸣笛声,有汽车到门口了。他来不及放下手中的饭碗,拔腿就往外跑。

老伴从后面追过来,死老头子,你去哪?我去西湖见马力。老伴从口袋里掏出一叠零钱,土老冒,你出门也得带车费啊。

他一把接过钱,快步走进路边的汽车。

　　他一上车,满车乘客便哄笑起来。他瞧瞧自己,踩着拖鞋,穿着脏兮兮的汗衫和短裤,还端着一大碗饭菜,自己也忍不住笑起来。司机旁边有个座位,他一屁股坐下。早已饿得饥肠辘辘的他,顾不上形象,狼吞虎咽吃起来。司机笑笑说,端着饭碗坐车的乘客,我还是第一次见,真稀奇!他尴尬一笑,说,赶时间去西湖,来不及在家里吃了。司机问,去西湖干什么?他说,去见我的偶像马力。

　　三下五除二,一大碗饭菜他飞快吃个精光。司机调侃他,你捧着饭碗去见偶像啊?他如梦初醒,说,我这打扮,再加上这个大饭碗,搞不好,别人以为我讨饭的呢?他的话逗得车上的乘客又哄笑起来。他对司机说,师傅,你停一下,我马上回来。司机刹车,他下了车,把饭碗轻轻地丢在了马路边的草丛里。汽车还没开出多远,路旁是他的老伙计铁锁的稻田。幸好铁锁不在地里,要不然看到我这狼狈样,肯定得笑话死,他想。他回头看了饭碗一眼,返回了车上。

　　汽车飞驰着,司机回头看了看他,说,咦,你的饭碗呢?他说,我丢掉了。司机说,什么都能丢,唯独饭碗不能丢啊!司机的话在理,他的心里不由泛起淡淡的忧伤,他有点后悔丢了饭碗,丢掉饭碗,这是不好的兆头啊。更何况,那个饭碗有着特殊的意义。饭碗是刚结婚时,老伴特意给他买的,陶瓷的,四周印着大红的喜字,老伴说他饭量大,专门买个大饭碗给他盛饭。从此,这个饭碗伴随着他的一日三餐,陪伴了他整整三十二年,虽然饭碗四周的喜字脱了色,碗的边缘还缺了几个小角,他和老伴还是舍不得扔,他们对这碗有感情了。想到这里,他的心里变得空落落的,怅然若失。

西湖到了,他跑步穿过苏堤,赶往丰湖书院乐群堂。乐群堂里挤满了人,他只好站在门外。他趴在窗口,看到自己的偶像近在咫尺,激动得热泪盈眶。演讲开始了,马力充满激情地讲述了他从农民成长为作家的奋斗历程。窗外的他听得热血沸腾,整个人仿佛打了鸡血,浑身都是劲。演讲完毕,马力开始了新书签售。他站在长长的队伍后,焦急等待着。漫长的两个多小时过去,终于轮到他了。他买了两本马力签名的书,对马力说,马力老师,您是我的偶像,我要向您学习。马力微笑地看着他说,加油! 他感动得几乎眩晕。

拿着马力的书,他依依不舍地走出丰湖书院,飞快奔向车站,坐上了最后一趟回家的车。一路上,那个饭碗不停在他脑海里闪现,让他坐立不安。在车子抵达铁锁稻田边时,他下了车。在路边来来回回找了好几遍,没有看到饭碗的影子,他十分难受,那么破旧的饭碗也有人捡走,完全出乎他的意料。黄昏时分,他才失落地回到家。

一进门,他竟然看到桌子上有个饭碗,跟自己丢掉的那个很像。他端起饭碗,轻柔地抚摩着,果然是自己丢掉的饭碗,手感一模一样。他喜极而泣,像在做梦一样。老伴走过来,说,下午铁锁从地里回来,跟他媳妇说在稻田边看到一个大饭碗,说是好兆头,预示着上天赏饭吃,我听到了,寻思肯定是你丢掉的,就去路边捡回来了,你啊,自己的饭碗,怎么能丢呢? 他擦干眼里的泪水,说,绝不会有下次了。

吃晚饭时,他打开电视,电视新闻正在报道马力的演讲和新书签售活动。马力接受了记者的采访,记者问马力,你最想对现在的文学爱好者说什么? 马力说,我最想对大家说的是,先有生活,然后才有文学和远方。

他紧紧捧起手中的大饭碗说,是的,保住了饭碗,才有文字和远方,明天我先收割稻谷,收完了继续写文章,继续做我的作家美梦。

老伴"扑哧"一笑,他也跟着笑起来。

(原载 2017 年 9 月 5 日《河源日报》)

心花朵朵

卖蜂蜜的女人

郊外。本城最高档的小区。住在这里的人非富即贵，都是成功人士。成功人士们每天在外打拼、应酬、奔波，鲜少回家，留在小区的只有年迈的老人和幼小的孩子。所以，小区异常平静，平静得像一潭死水。

女人的出现使原本平静的小区泛起了一丝丝涟漪。女人衣着土气，脸上满是岁月印刻的痕迹，与小区优雅精致的格调显得格格不入。

每天一大早，女人在小区门口撑起一把大伞，伞下堆满了罐装的蜂蜜。正宗的土蜂蜜，从老家的深山里运来的，大家快来买啊！女人每天在门口大声叫卖，脸上时刻堆满了灿烂的笑容。女人眼明手快，碰见老人，女人快步走上前，轻轻搀扶老人一把。大妈您好！大爷您好！哟，您老今天可真精神！您吃饭没？您走路慢点。遇见孩子，女人会亲切地摸摸孩子的脑袋。宝贝真可爱！一看就是聪明孩子！宝贝，小心车！女人过分的热情，使她很快迎得了老人和孩子们的欢迎、喜爱。自然，女人的生意出奇的好，老人和孩子们都疯狂抢购她的蜂蜜。每天不到中午，女人的蜂蜜必然会卖完。

下午，女人会走进小区，以售后服务的名义堂而皇之敲开老人和孩子们的家门，走进他们的家，陪老人聊家常，给老人按摩，陪孩子玩游戏，给孩子炒几个拿手的小菜。一段时间的接触，女人对小区所有老人和孩子的情况了如指掌，但女人在人们心中依然是个谜。女人从不说自己的事。

老李找女人买了不少蜂蜜堆放在家里。这天，老李的儿子小李破天荒回家了。看到客厅里一大堆蜂蜜，便问老李：爸，你买这么多蜂蜜吃得完吗？老李说，我找小区门口的那个女人买的。小李说，小心上当受骗，这年头骗子多，昨天看电视新闻，说近来有不少骗子到高档小区贩卖假冒伪劣保健品，专朝老人孩子下手，我看啊，那个女人肯定是个骗子。老李不服气，说，你别把人家想得那么坏，这个卖蜂蜜的女人陪我聊天，给我按摩，帮我洗衣服，给我做饭，这些你给我做过吗？小李说，我忙得很，哪有时间做这些鸡毛蒜皮的小事。老李说，你没做到的事，卖蜂蜜的女人做到了，就算我上当受骗了，我也心甘情愿，就当是花点钱买份孝心，值得。小李哑口无言。

老李的话坚信了小李对女人的怀疑。第二天，小李没回公司，他躲在小区门口的大树下，观察卖蜂蜜女人的一举一动，他决定先调查这个女人的底细，然后揭穿她。上午，女人用自己的甜言蜜语又卖了不少蜂蜜，下午，女人用"亲情战术"到小区给老人孩子"送温暖"。小李知道，女人是在"放长线钓大鱼"。小李在生意场上历练多年，练就了一双火眼金睛，什么样的人他一眼就看穿了。

黄昏时分，女人从小区出来了，踩着她的人力三轮车，朝城里驶去。小李立即启动车，偷偷跟踪在女人后面。小李决定把女人贩卖假蜂蜜的窝点和团伙找出来，然后报警。

女人踩着人力三轮车，左弯右拐，竟然驶进了市中心医院，这让小李十分意外。小李尾随女人跟了进去。

女人走进住院部，走进一间病房。小李走近病房门口，隔着门上的玻璃,他可以清晰看到里面的情况。病床上,躺着一个瘦骨嶙峋的老人。女人坐在病床前,对老人说,爸,蜂蜜我今天又卖出去不少,看病的钱您不用发愁啊。姑娘,苦了你了,要不是你,我这把老骨头只怕早就去了!爸,看您说的,这都是我应该做的,没有您,哪有我啊。我啊,就是对买我蜂蜜的老人和孩子感到愧疚,虽然我们的蜂蜜是真正的土蜂蜜,可人家买那么多也吃不完啊,所以我每天都去那些人家里帮他们干活,这样才能减轻我的愧疚。老人说,孩子,你这样做是对的。女人和老人的对话,小李听得清清楚楚。

小李从医院出来,立即赶回了家。爸,我调查过了,那个女人不是骗子,她卖蜂蜜都是为了给她爸爸治病。老李说,这些,我们早就知道了,小区老王的侄子在市中心医院做医生,他来小区碰见女人,把女人的情况偷偷告诉大家了。但我们一直不愿揭穿女人,她是个要强的人,我们每天买她的蜂蜜,只是想帮帮他,让她心安理得接受我们的帮助。这个女人,很孝顺啊。

爸,你以后得多购买她的蜂蜜。我啊,以后也会常回家陪陪你。

老李那张阴沉已久的脸终于放晴了,他笑着说,儿子啊,你好久没这样陪我聊过天了。

(原载《惠州日报》2016 年 5 月 2 日)

黑眼睛

黄昏。急促的敲门声打破了出租屋的宁静。

初荷眯起眼睛,从木门破裂的细缝里瞅了又瞅,打开门,小风风尘仆仆地站在面前,橄榄绿军装映衬着青春的脸庞。

小风,真是你!初荷惊讶。

看着初荷,小风脸上的笑容一点点淡去,黑眼睛里,喜悦的火花也悄然熄灭。才一年多不见,初荷变化太大了,脸变得又黑又瘦,长头发剪掉了,留着男人一样的短发,穿着男式灰衬衣和粗布牛仔裤,整个人看上去像个假小子。站在她身旁,还能闻到一股刺鼻的汗臭味。

初荷,怎么不声不响就把头发剪了?我喜欢你长头发的样子。我寄给你的裙子怎么不穿?小风劈头盖脸一阵埋怨。

小风,你落伍了!现在流行中性风,城里的女孩都喜欢把自己打扮得像男生一样,显得更有个性,我也是入乡随俗,紧跟时尚潮流嘛!初荷说得云淡风轻。

小风无言以对。

小风,快坐,喝水!初荷倒了一杯白开水给小风。小风环视一下出租屋,房子狭小潮湿,除了一张简易的小床、一张破旧的办公桌外,就没有什么剩余空间了。初荷说谎了,她在信里说她住的地方宽敞明亮,两室一厅。来城里一年多,初荷竟然学会撒谎了。

小风，你怎么不说一声就来了？

部队放探亲假，我就过来了。小风还想说很想念初荷，想给她一个惊喜，话到嘴边又咽了回去。

你来前应该给我说一声，我也好准备一下。初荷说着，时不时瞧瞧手上的手表，脸上露出焦急不安的神情。

咱俩用得着那么讲究？小风还想说什么，初荷打断小风的话，小风，我有事要出去一趟，晚些回来，桌上有面包，饿了你先垫一下。

没等小风说什么，初荷一阵风似地跑出去了。小风心里很不是滋味，他打开钱包，里面躺着一张他和初荷的合影，那是他参军前在镇上照的。照片上，初荷穿一条嫩粉色棉布裙，乌黑的长发扎成两条麻花辫垂在胸前，白净的脸上荡漾着红晕，娇羞依偎在小风身边，宛如一朵初开的新荷。小风轻轻抚摸着照片上的初荷，那时的初荷多么美好啊！深深的失落如潮水在小风心中蔓延开来。

坐在昏黄的灯光下，小风想起了泛黄的往事。那年，小风的亲爸死了，娘带着小风嫁到了初荷所在的村子。小伙伴们不喜欢小风，说他是没爸的野孩子，都不愿意跟他玩，除了初荷。初荷小尾巴似地跟在他屁股后面，他带着她上山爬树，下河摸鱼，划小船去池塘摘荷花。初荷家里做了什么好吃食，她也会偷偷塞给他一份。因为初荷，小风脸上有了笑容，生活有了色彩和生机。

高中时，小风问出了心中埋藏已久的疑惑。初荷，为啥你从小就喜欢跟我在一起？初荷一笑，说，我也不知道，可能因为你有一双特别的黑眼睛吧。小时候，我第一次看到你，你可怜兮兮地站在墙根边，小伙伴们都在嘲笑你，你不经意地瞅了我一眼,那双黑眼睛里面,包含着太多太多的内容,让我忍不住要靠近你、了解你、心疼你。小风感动得热泪盈眶。

高中毕业后,小风响应国家号召当兵去了。一年多的时间里,他和初荷鸿雁传情,诉说相思。信里,初荷说她去城里打工了。军队的生活枯燥、艰苦,只要想到初荷,想到初荷的话,他会感到温暖,浑身充满了劲儿。

两个多小时过去了,初荷还没有回来,小风有些着急,打她的电话,已经关机了。大热天,小风的心里却下起了大雪。

几天的舟车劳顿,小风又累又困,不禁躺在床上睡着了。也不知睡了多久,他突然醒了,发现自己的身上多了一床毯子。看看旁边,初荷不知什么时候回来了,趴在床沿睡着了。小风轻轻起床,把初荷抱到床上,给她盖好毯子。借着月色,他看看手机,凌晨 5 点钟了。

小风写了张纸条放在桌子上:我回部队了。然后提着行李,轻轻打开门,走出出租屋。

小风直接去了火车站,买了最早一趟回部队的车票。刚坐上火车,初荷的电话打来了,小风没接,关掉了手机。火车朝前飞驰,铁轨边突然出现了一片荷塘,粉嫩的荷花盛放正艳,很快,荷花消失在视线里。小风的眼睛湿润了。

一周后,小风收到初荷寄来的包裹,里面有一双鞋垫,鞋垫上绣着一朵并蒂莲,还有一封信,拆开信,看到熟悉的字迹:初到城里,孤身一人,我好害怕,剪去长发,穿上男装,打扮成男孩子模样,这样,下夜班回来安全一些。白天,我在商场做售货员,晚上,我在餐厅洗盘子。我打两份工,是为了帮助一个人。半年前,我在商场门口遇见一个捡垃圾的小男孩,他和奶奶相依为命,住在公园的公厕里。我想帮他,让他能过得好一

081

心花朵朵

些,让他继续读书。知道我为什么帮他吗?因为他有一双黑眼睛,和小时候的你一模一样。我不告诉你,是怕你会心疼我,怕你为我担心。

泪水模糊了小风的双眼,他马上给初荷回了一封信。

初荷收到小风的信,信上画着几朵荷花,旁边有几个字:今后我们一起帮助黑眼睛小男孩。初荷笑了,笑容灿烂得像画里的荷花。

(原载 2015 年《惠阳文艺》)

团　聚

黄昏,夕阳如血。

荒凉的院墙外,老太太坐在藤椅上,浑浊的眸子用力圆睁着,眼巴巴眺望着远处,皱纹密布的脸上写满了期待。"咳咳咳"……她突然费力地咳嗽起来,单薄的身子随着咳嗽剧烈抖动。她掏出纸巾,一团殷红从嘴角喷涌而出,浸湿了纸巾。

秋风起,老太太花白的头发随风飘摇,她佝偻着身子,苍老虚弱得如同风中残烛,随时可能熄灭。现在,她忽然极想儿子大山能早些回来,想大山站在她面前。

大山是一名警察,忙得没有黑天白夜,难得回来一次。多年来,老太太早已习惯了等待的日子。可是,最近,她觉得自己的身体越来越差了,她好害怕,怕自己撑不了多久,撑不到儿子回来的那天了。她想给儿子打个电话,哪怕是听听儿子的声音,听儿子唤声"娘"也好,左想右想,硬是强忍着没打。自从儿子升为刑侦大队长后,工作更忙了,破了不少大案要案,那些蒙冤受屈的老百姓都指望着他们这些警察呢!她可不能拖儿子的后腿,不能让儿子为她分心。她知道,大山是个孝顺孩子,等他手上的工作了结了,自然会回来。于是,每个黄昏,小院外就有了老太太等待的身影。

不知过了多久,夕阳中,一个穿着干练警服的人突然朝老太太走来,他披着夕阳,浑身上下仿佛镀上了金粉。老太太喜上眉梢,急忙直起身子。警服越来越近,老太太的笑容渐渐黯淡下去。来人虽然也是一个警察,却并不是儿子大山。

大娘,您好!我是大山的好兄弟海洋,这段日子,我市一个犯罪团伙逃往外地,大山去追捕他们了,要过些日子才回来,他特意嘱咐我过来看看您,让您别为他担心。

一朵笑容在老太太脸上绽开。哦,你就是海洋啊,大山常常提起你,说你可能干了。海洋啊,你能来,大娘真是太开心了,来来来,快进屋坐。老太太颤巍巍领着海洋进屋。

海洋坐定,把随身带来的礼品盒递给老太太。大娘,这是您最爱吃的酥糖,大山让我特意捎给您的。

大山这孩子孝顺,知道我牙不好,爱吃点软和东西,每次回来都带酥糖给我。哦,对了,大山还好吗?他什么时候回来?老太太追问。

大山挺好的,我打个电话给他,让他给您说几句话。海洋把手机拿到老太太耳边,大山洪亮的声音传来:妈,您老要保重好身体,别为我担心,等手头上的工作忙完了,我马上回来看您。哦,不跟您说了,得马上开会了,挂了啊。

哦,儿啊,记得早点回家。老太太说着,眼眶泛红了。

妈,您别难受,最近这个案子比较棘手,您放心吧,我向您保证,案子一办完马上回来看您。手机那头的大山似乎感受到了老太太悲伤的情绪,立即安慰起老太太来。

好好好,别担心娘,你忙去吧,工作要紧。老太太不舍地将手机还给海洋。

大娘,您别难受。您一难受,大山也该难受了,哪有心思破案子啊?

好好好,大娘听你的。老太太用手拭去眼中的泪水。

大娘,家里可好? 有什么事情就跟我说,把我当成大山一样,有什么事情我帮您解决。

家里都好。你看到大山告诉他,家里都好,我一切都好,让他别为我操心。我等着他回家和我团聚。

每个黄昏,老太太都会走到屋外,眺望着小路,等待着儿子的归来,无论天晴下雨。海洋隔几天会来探望老太太,捎来大山的思念和消息。

那天,老太太像往常一样,坐在藤椅上等着儿子回来,等着等着,她觉得有些累了,就躺在藤椅上睡着了。睡梦中,她梦见自己和儿子终于团聚了,一丝笑容浮现在她的脸庞上,安详,平静。

海洋提着一袋水果来到老太太家,看到老太太睡着了,便朝她喊,大娘,外面风大,您进屋睡吧。大娘,大娘! 海洋接连叫了好几声,老太太始终没有回应。海洋脸一沉,摸了摸老太太的脸,这一摸,他一惊,老太太已经没了呼吸,老太太已经离去了。

山上,新筑了两座新坟。一块墓碑写着大山的名字,一块墓碑写着老太太的名字。

海洋站在老太太坟前,呜咽着说,大娘,其实大山一个多月前就走了,他在追捕犯人时,挨了罪犯一枪,没抢救过来。临走前,大山说最担心的就是您,怕您白发人送黑发人会伤心,让我们瞒着您,还用手机录了几段话给您……大娘,我把您埋在大山旁边,这样,你们在下面可以团聚了,你们可以天天在一起了。

山风轻轻,墓地无声。

做 头

电视台播了条寻人启事。女老板寻找失散儿子,儿子现年 25 岁, 嘴角有一颗痣, 女老板承诺用 100 万元酬谢收养儿子的人家。

寻人启事播出后,老街炸开了锅。女老板要寻找的儿子分明是剃头李的儿子连合嘛,连合今年正好 25 岁,嘴角还有一颗痣。这下剃头李要发财了啊。街坊们议论纷纷。

老街的老人还记得 25 年前的事。那年,剃头李抱回一个孩子,说是捡来的。剃头李给孩子取名连合,待他如亲生。剃头李手艺好,为人实诚,不少人给他张罗对象,他全推掉了,说是怕结婚后婆娘嫌弃孩子。剃头李节衣缩食供连合念完了大学,还在当地谋了份好差事。

风言风语传到连合耳朵里,他跑回来问剃头李,爹,大伙说我是捡来的,说我亲娘在找我。

剃头李沉默了半晌,拿起烟袋"吧嗒吧嗒"吸了几口,说,他们说得没错。

我不认什么亲娘,这世上,我就您一个亲人。

血浓于水,你得认。

以前狠心抛下我,我长大了,又来认我,哪有这样的事儿?

世上没有不爱娃的娘,她一定有迫不得已的苦衷。

爹,我不想认。

连合，亲娘必须得认。

爹，您老逼我认，不会想得那100万的酬金吧？连合没好气地说。

我实话告诉你，那些钱，我一个子儿也不要。"咚"的一声，剃头李把烟袋扔在桌子上，气呼呼朝里屋走去，走了几步，回头撂下狠话。你要不认亲娘，就别回来了。

酒店里，连合和女老板见了面。女老板一袭荷花旗袍，举手投足透着优雅和贵气。她上上下下打量了连合一番，连连点头。孩子，你真是我的孩子，和我年轻时长得太像了。她指了指连合嘴角的痣，又指指她嘴角的痣。这是遗传，你一生下来，嘴角就有这颗痣。女人很激动，挨着连合坐下来。

女人伸出手，想摸连合的脸，连合偏过头去。孩子，你还在恨我？女人伤感地瞅着连合。

当年抛弃我，现在又何必回来找我？连合冷冰冰的。

女人的眸子涌上一层薄薄的水雾，声音轻得像夜风。那年，我十八岁，花一样的年龄，在裁缝铺跟师傅学做衣服，我每天想离开那条老街，去外面看看。一个香港老板来店里做西服，一来二去，我们就好了，他说他可以带我去香港看看，说那里多么大多么繁华，他还说要给我开一家很大的服装店，我相信他了，每天憧憬着美好的未来。后来，我怀上了他的孩子，在我快要临产时，他突然不见了，我到处找他，有人说他回香港了，再也不回来了。

生下你后，我把你放在街上，我躲在树后，看到有人把你抱走了，我才离开。我去了上海，那些日子我过得生不如死，我暗自庆幸，幸好我没有把你带在身边，要不然你早就饿死了。那些年，我不要命地工作，我想赚够了钱就回来找你。现在，我有钱了，我能让你过上像样的日子了，所以我回来了。

孩子，你能叫我一声娘吗？一声就好。女人的声音带着哀求。

女人眼睛含泪，满含期盼，连合心如刀绞，轻颤着唤了一声，娘！

女人紧紧抱着连合，哭得梨花带雨。孩子，我要见你的养父母，我要好好感谢他们。

回到老街，连合跟剃头李说，我娘要见你，说要好好感谢你。

不必了！剃头李斩钉截铁地说。收养你是我自愿的，我不要任何感谢。

连合把剃头李的意思转告给了女人，女人说，他不要感谢，我更应该登门感谢啊！

女人跟着连合来到老街，来到剃头李的家。女人看到剃头李，顿时呆住了。做头的，是你？

剃头李看了女人一眼，是我，清荷。

是你收养了我的孩子？我明明看到一个女人抱走了孩子啊！

你被香港人骗了后，我怕你出事，每天偷偷跟在你后面，那天，我看到你把孩子扔在街上，就叫我表嫂抱回来给了我，我怕你知道是我捡的，心里更不好受。

25年前，清荷是老街的一枝花，她时常来剃头李的美发店做头。剃头李第一眼见到她就喜欢上了。每次她来店里做头，剃头李都给他做时下最流行的发型。清荷常常笑剃头李，做头的，要是你能一辈子给我做头就好了。剃头李说，只要你愿意，我一辈子给你做头，免费的。清荷笑得花枝乱颤，用力捶了剃头李一拳，傻瓜，你想得美！剃头李的脸就红了。

后来，清荷跟香港人好上了。没过多久，剃头李听说香港人跑了，扔下大肚子的清荷。他担心清荷，每天跟在她后面，远远看着她。清荷扔下孩子后,远走高飞,不知了去向。

清荷,我知道你会回来的,因为这里有你的孩子。

外面的世界很大很繁华,却始终比不上这里。许多东西只有在最后才能发现它的好。

你知道我为什么给孩子取名连合吗? 连合,念荷,怀念清荷。

清荷眼波盈盈。做头的,你好久没有给我做过头了。

要是不嫌弃,我现在就给你做。

清荷坐下来。做头的,记得年轻时,你说一辈子给我做头的,那话还当真吗?

剃头李用梳子挑起清荷的头发,说,只要你愿意,我一辈子给你做头,免费的。

做头的,你还像当年一样傻。清荷笑着捶了剃头李一拳,眼里泪光莹莹。

连合站在两人身后,捂着嘴偷笑。

第三辑

三

草虫低鸣

山路弯弯

　　天空如同浸染了墨汁，越来越暗。闷热的空气里，没有一丝风。一场大暴雨即将来袭。

　　女人坐在门口，望着门口的山路，心里没由来地一阵阵发慌。山路弯弯，一直伸向远方，伸向她看不见的远方。

　　三年前，儿子考上重点高中的那天，男人从这条山路走了出去。男人说，他要去城里打工，给儿子赚足上大学的学费。男人背着行李，踏上山路，他走了几步，回过头朝她挥手，沧桑的脸上，密布的皱纹如同山路一样漫长、悠远。然后，男人就走了，他沿着山路一直朝前走，朝前走，脚步沉重而凄凉。女人塑像般立在风里，看着男人细瘦的背影渐行渐远，看着他变成一个小黑点，看着他消失在视线里。女人的眼泪流了下来。

　　从那以后，干完农活，女人总会站在门口，望着弯弯的山路发呆。儿子问她，山路外面是什么？女人说，山路外面是繁华的城市，听说，那里的灯光比山里的星星还要明亮，那里的楼房比山里的大树还要高呢！儿子说，娘，我要像爹一样，从这条山路走出去，走出这一望无际的大山，到城里看看去。女人疼爱地摸了下儿子的头，傻儿啊，你以为你爹是去外面看城市看繁华去了？不是的，他是去城里的工地打工去了，听人说，在工地干活又苦又累，挣得每分钱都是血汗钱啊。女人说着，想起了男人，一滴泪水从眼睛滑到枯黄憔悴的脸颊上。儿子用手擦去女人的泪水，说，娘,又想爹了吧?等我念完大学,接你和爹去城里享清福。女人脸上漾起一抹欣慰的笑容,儿啊,好好读书,将来就能走出这穷山沟,去城里读大学,去城里谋份体面的工作,儿啊,只要好好读书,才不会像你爹那样命苦啊。儿子看着弯弯的山路,坚定地说,娘,你放心,我一定要从这条山路走出去。

儿子没有食言,学习成绩一直名列前茅,明天就要高考了,女人相信儿子一定会考出好成绩,女人幻想着儿子上大学那天,乡亲们都来送行的美好画面:儿子披红挂彩,意气风发地走上弯弯的山路,走向远方,女人和男人目送着儿子走远,脸上挂着幸福满足的笑容……

一阵电闪雷鸣,黑压压的雨点"啪啦啦"倾盆而下,打得女人脸上生疼,女人回过神来,赶紧起身回屋。回屋后,女人站在窗前,继续望着山路发呆。突然,一个人影从远处走来,沿着弯弯的山路,朝她家走来。男人回来了?女人又惊又喜。

人影越来越近,来到女人家门口。来的是一个男人,却不是女人的男人。男人浑身湿透了,双手紧抱着破旧的行李包。嫂子好,我是大哥工地上的兄弟,男人神色悲戚。他怎么没回来?女人有种不祥的预感。大哥他走了,男人说着呜咽起来,大哥命苦啊,好点儿的工地嫌我们年纪大,不要我们,只有黑工地愿意收留我们。前些日子,大哥没日没夜地加班,他说他儿子要高考了,他要多赚些钱,他太累了,从四十层的高楼上摔下来,摔得粉碎,那场面,惨不忍睹啊!男人擦了一把脸上的泪水,说,包工头一看出事了,卷铺盖走人了,工地上的兄弟们凑了些钱,把大哥火化了。男人颤抖着从行李包掏出一个黑盒子,交给女人。嫂子,这是大哥的骨灰,你收好。女人看到骨灰盒,眼前一黑,险些晕倒。男人扶起女人,嫂子,节哀吧!说着,男人从胸前口袋里取出一叠湿漉漉的钱,塞给女人,嫂子,这是我们几个兄弟凑的,你拿着吧,大家都不容易啊。女人的眼泪像断了线的珠子,一个劲儿往下流。男人没坐多久,就起身要走,嫂子,我得回去了,黑工地被查处了,我得重新找工地干活。男人走了。

女人哭了一夜。第二天一早,儿子回来了。女人看到儿子很生气。今天不是高考吗?你咋跑回来了?我不考了,儿子倔强地把书包往地上一扔。娘,听说我爹死了。女人含泪点头。儿子号啕大哭,我爹咋说走就走了呢?女人抽了儿子一个耳光,你太不争气了,你不参加高考,难道你要像你爹一样?我不读书了,我要出去打工,爹走了,我得帮你把这个家撑起来。女人哭得更厉害了。

第二天,儿子背着行李,走向弯弯的山路,他走了几步路,回过头朝女人挥手。然后,儿子沿着山路朝前走。女人塑像般立在风里,看着儿子细瘦的背影渐行渐远,看着他变成一个黑点,然后消失在视线里,女人的眼泪流了下来。

女人呆呆地望着山路,山路弯弯,远得看不到尽头……

（原载《百花园》2015 年 1 期）

流泪的猫

厨房里炉火正旺,紫砂煲冒着淡淡青烟,她揭开盖子,用汤勺搅了搅,奶白色的鱼汤如琼浆般散发着缕缕鲜香,她情不自禁咽起了口水。

"丁零零",客厅的电话响了,她急忙去接电话:你好,李小姐!她语气恭敬。

今天给雪儿煲汤时记得多放些药材,雪儿身子骨弱,得好好补补。李小姐的声音像许多台湾女人一样,很嗲。

好好好,我记住了,她小鸡啄米似地连连点头。

李小姐是台湾人,在内地经营着一家很大的旅游公司,李小姐视雪儿为掌上明珠,对雪儿百般宠爱。她是李小姐专门雇回来照顾雪儿的保姆。李小姐生意忙,满世界飞,难得回一次家,偌大的豪华别墅里,常常只有她和雪儿相依为伴。

鱼汤煲好了,她端出来放在桌子上,满屋子弥漫着鱼汤的浓香。她轻轻走进雪儿的卧室。雪儿正在午睡,绣满鲜花的席梦思床上,雪儿甜甜地熟睡着,发出轻柔低沉的鼾声。

雪儿,起来喝汤了,她走到雪儿床前,温柔地摸了摸雪儿瘦弱无骨的小脸。雪儿睁开眼睛,醒了。

她把雪儿抱到客厅,从紫砂煲里盛了一碗鱼汤,拿勺子舀了一勺放在嘴边,轻轻吹几下,再放到雪儿嘴边。雪儿一边喝汤,一边用清亮的眸子深深瞅着她,好像在说,这汤真好喝!

雪儿喝完汤,她抱着雪儿站在阳台上晒太阳。她倚栏而立,向北方眺望着,北方有她的家。雪儿,你要多晒晒太阳,这样你的身体才会棒棒的,她慈爱地抚摸着雪儿的小脑袋。雪儿把头埋进她怀里撒娇。

"丁零零",客厅的电话响了,她急忙去接电话。孩子他妈,医生安排小雨中秋节那天动手术……只是……手术费还不够……能借的地方我都借了……我真没用……呜呜呜……

他爸,别着急,明天上午李小姐就给我发工资了,我明天下午把钱给你打过去。

他妈,等小雨做完手术,你赶紧回来,咱们一家好好过日子,再也不分开了。

嗯,你们等我回去,你要照顾好小雨,告诉她我想她。

挂掉电话,她站在阳台上,望着北方发呆。雪儿过来拉她的衣服,她一把将雪儿抱进怀里,紧紧地抱着。

中秋节前一天,她打电话给李小姐,李小姐还在国外。你好,李小姐,我想中秋节休息一天,回家看看孩子。不行,你回去了谁照顾雪儿呀。我只回去一天,就一天,我会把雪儿的食物准备好,我很快就回来了。

你别回去了,这几天过节,我给你三倍的工资,你好好照顾雪儿,告诉她我想她。她还想说些什么,李小姐已经挂断电话。

她拨通男人的电话,孩子他爸,你们还好吗?明天小雨就要动手术了,你可得留意好了。

你明天能回来一趟吗?小雨想你,我也想你,你回来让我们看一眼吧。

明天我回不了,李小姐说这几天给我三倍的工资,到时候我把这些钱打回去,你给小雨多买些有营养的东西补补身子,小雨身子骨弱,得好好补补,你也要补补,这些日子你辛苦了……

哦,那你注意身体,别担心,小雨的手术一定会成功的。

等我忙完这几天,我就回去,咱们一家好好过日子,再也不分开了。

中秋节的晚上,一轮圆月宛如玉盘悬挂在夜空,她抱着雪儿站在阳台上,长久地向北方眺望着。

电话铃响了,她急忙去接电话。孩子他爸,你咋哭了,出啥事了,是不是小雨……她心急如焚。

小雨做完手术就走了,再也回不来了……呜呜呜……小雨离开前说的最后一句话是我想妈妈……

啪,她手里的电话掉在地上。

她瘫坐在地上,眼泪顺着皱纹的沟壑淌了下来,小雨,小雨,我的小雨……她号啕痛哭。

雪儿走过来,跪在她面前,用小脸蹭着她的脸,蹭去她脸上的泪水。雪儿眼里,有亮晶晶的东西在闪动。

她惊愕,她第一次看见雪儿流泪,更确切地说,她第一次看见动物流泪。

雪儿是一只猫。

（原载 2013 年 7 月 7 日《南方日报》,《小小说选刊》2015 年 6 期转载）

雪 人

男人一下班，就变成了一个"雪人"。他的头发、脸、身子全部沾满了厚厚的灰尘，只剩下两只眼睛在眨巴。

两岁的儿子一看见他，就蹦跳着喊起来，雪人回来啰！雪人回来啰！女人赶紧走过来，双手用力在他身上一阵拍打，一大堆灰尘抖落在地上，像座小山。

男人洗完澡，换了衣服，一把抱起儿子，使劲在他脸上啄了几口，说，雪人化了，爸爸回来了！女人在一旁看着他们笑。

村子穷，鸟不拉屎鸡不生蛋的地儿。三年前，一群衣着光鲜的陌生人来到村里，他们在山坡上好一阵转悠，左看看，右瞧瞧，这里摸摸，那里嗅嗅，像一群馋嘴的猫儿在寻找鱼腥。

不久，一个矿场在村里开起来。谁也没想到祖祖辈辈生活的地底下竟还埋藏着他们没听过的值钱东西——稀有矿石。矿场招兵买马，村里的男人们兴高采烈走进矿场做起了矿工，月月有工资领，这是他们从前想都想不到的生活。

男人和村里其他男人一样，每天在矿场挥洒着汗水。从前在地里刨食，一家人仅能糊口，现在在地下挖矿，每月能领两千多元的工资，一部分贴补家用，还能存下一部分，男人很满足，每天做梦都在笑，希望这样美好的日子能永远持续下去。

一天，矿场来了个年轻小伙，他戴着口罩，像警犬一样四处查看。小伙子看到浑身灰尘的男人，瞪大了双眼，小声说，大哥,你这样工作很危险,以后会不停咳嗽,会得尘肺病,活不了多久的,大哥,赶紧离开这里吧!

男人一笑,小伙子,大哥我是老实人,你就别吓唬我了。你说的这个病,我没听说过,你看看周围,大家都是这样干活的,不都好好的吗?

小伙子说,实话告诉你吧,我是记者,偷偷混进来调查的,这里生产条件恶劣,没有任何防护措施,很容易得病,你可得当心啊。小伙子说完就走了。

虽然男人不相信小伙子的话,但他心里还是有一丝害怕,因为最近,他频繁地咳嗽,他以为只是小感冒,也没去看医生。男人突然想起矿工张大哥,去年,张大哥突然咳嗽严重,没办法正常工作,被矿场辞退了。

下班后,男人辗转打听,来到张大哥家里。张大哥躺在低矮潮湿的房子里,脸色苍白,瘦得只剩下皮包骨。看到男人,张大哥双唇颤动,想说句话,却连一丝说话的力气也没有。

张大嫂说,去年老张从矿场回来后就一病不起,去医院检查,说是得了什么尘肺病,为了给他治病,家里的钱全部用光了,还欠了一身债。前天检查,医生说老张最多只能活半个月了。泪水顺着张大嫂蜡黄的脸流下。

张大哥家的境况让男人十分难过。矿场不赔偿吗?男人问。

不知去了矿场多少回,他们说这个病是老张自己得的,不关矿场的事。

公家单位不管吗?

去过了,那些公家单位都替矿场说话,说他们的办公楼都是矿场捐钱建的。胳膊始终拧不过大腿啊!除非人死在矿场,这样他们就赖不掉了,否则,只有慢慢等死了。张大嫂的眼睛里写满了绝望。

张大哥听到他们的谈话,突然变得激动起来,他的脸轻轻抽搐着,浑身抖动,隔着身上的皮,身上的骨头跟着一动一动的,他用力张大嘴巴,却一个字也吐不出来,两行眼泪顺着他的眼角无声地滑下。

从张大哥家回来后,男人咳嗽得更严重了,女人劝男人去医院看看。男人从医院回来,女人问他病看得如何,他说,小感冒,不打紧。

晚上,男人抓起女人粗糙的双手,满眼的心疼。咱现在够钱用,你啊,以后不要太苦了,别亏待了自己。说完,他又把儿子抱进怀里,宝贝,以后要听妈妈的话。

女人说,看你,像交代临终遗言似的。

第二天,男人穿着一身崭新的衣服去矿场上班。他站在粉尘飞扬的矿场里,从口袋里掏出医生写给他的诊断书,上面只有五个字:尘肺病,晚期。他撕掉诊断书,呆呆地看着轰鸣的机器,脑海里闪现着张大哥的影子,"除非人死在矿场,这样他们就赖不掉了,否则,只有慢慢等死了。"张大嫂的话不断在耳边回响,他突然头痛起来,脑袋如同要爆炸了一样。

男人鬼使神差似地走近机器,一头钻进轰鸣的机器中,鲜红的血浆喷射而出,在地上印出无数朵艳丽的红花。

男人的事故矿场草草了事,女人得到 10 万元赔偿。女人数着那厚厚的一沓钱,数了半天也没有数完,她一辈子也没有见过这么多的钱,这些钱是男人用命换来的啊。

儿子跑过来,问,妈妈,爸爸去哪里了?

女人说,爸爸是雪人,雪人化了,飞到天上去了。儿子蹦蹦跳跳地跑远了,一边跑一边叫,雪人化了,爸爸化了。

　　女人终于嘶声痛哭,哭声穿过漆黑的夜色,淹没在矿场巨大的轰鸣声中。

（原载《百花园》2015 年 9 期）

白月光

白色的月光透过窗户,照进简陋破旧的工棚里,洒下一地清辉。

大毛翻来覆去睡不着,精瘦的身体里,一颗心翻江倒海。

下午,二毛打来电话,说学校在催学费了,娘准备把家里的牛卖了。没了牛,怎么种地怎么活啊?想起家里的困境,18岁的大毛辗转难眠。大毛轻轻下床,推开工棚的木门,走了出去。

工棚外,月光皎白如雪,月光下,工地静极了,仿佛睡着了一样。大毛披着银白的月光,漫无目的地朝前走,不知不觉走到了仓库前。仓库的门虚掩着,工长斜躺在门边的凉席上,鼾声如雷。门前,一摞摞电线堆得整整齐齐,宛如一座小山。这些电线贵得很,200多块钱一卷呢。大毛蹑手蹑脚走到电线跟前,轻轻抽出三卷电线,掂量一下,不重。

大毛犹豫片刻,把一卷电线放回原处,手上只剩两卷电线。两卷电线,可以卖400元钱。400元钱,正好是二毛欠学校的学费。

大毛紧紧拽着电线,拼命朝前跑,夜风吹得他的衣服像两面乱舞的旗。他一口气跑到工地外面的小树林里,趁着月色,大毛将两卷电线藏在大树下的草堆里。

第二天午休时间,大毛偷偷把电线拿到镇上五金店里卖了400元钱,一分不少地寄回了家。

整整一天,大毛都在惊恐中度过。出乎意料的是,工地平静如旧,没有任何风吹草动,就像自己偷电线的事从未发生一样。

　　晚上,大毛躺在床上,下意识摸摸口袋,心里一惊,揣在口袋里的大学录取通知书不在了。大毛的心猛烈地跳起来,他感到深深的恐惧。他害怕的并不是录取通知书丢了,因为他本来就不打算念大学了,家里的条件不允许他继续读书。他害怕的是录取通知书上有他的名字,他断定录取通知书昨晚掉在仓库了。如果工长捡到录取通知书,就会发现他偷电线的事,那样,他会被赶出工地,还有可能被扭送到派出所。

　　大毛的心忐忑不安,难以平复,他觉得每一秒钟都极其难挨。

　　大毛,出来一下,工长突然在工棚外叫他。大毛的心蹦到嗓子眼。

　　工棚外,月色明亮,大地如同罩上了一层水银。大毛紧张地站在工长面前,头垂得很低很低,他不敢看工长的眼睛。

　　大毛,你不用在工地做了,你走吧。工长终于说话了,和大毛预想的一模一样。

　　不出大毛所料,工长拿出那张录取通知书。我早上在仓库门口捡到的。工长说。

　　大毛盯着那张录取通知书,盯着这张自己看了无数次的通知书,原本自己引以为傲的大学录取通知书今天却成了他偷窃的有力罪证。

　　工长……对不起……电线是我偷的。大毛艰难地吐出几个字,颧骨凸现的脸红得如同柿子。

　　不要说了。工长打断大毛的话。这件事情只有你知我知,我买了两卷电线放进去了,没有人会知道的。工长轻轻地说。

大毛不敢相信自己的耳朵,他抬头,看到工长正微笑着看着他。这笑脸那么熟悉,让大毛想起老家的父亲。

你走吧,回去吧,工长说。

大毛不说话,他不想回去。

回去念大学。工长说出的话让大毛很震惊。

大毛想说自己家里没有钱供自己念大学,却一个字也说不出口。

工长从口袋里掏出一沓钱,递给大毛。把这些钱拿去交学费,以后我来资助你。

一股暖流淌进大毛心里,再流到他眼睛里,变成一滴滴热泪从他的眼睛溢出来。大毛不敢伸手接钱,他知道,工长手上的钱重如千斤,这是工长用无数血汗换来的。

工长将钱硬塞进大毛的口袋。

工长欣慰地笑了。30多年前,工长和大毛一样大,那一年,他也考上了大学,家里没钱给他读书,他流落到工地上。眼前的大毛,多像30年前的自己啊。

那晚,大毛背着简单的行囊,在工长的目送下,披着明亮的月光踏上了回家的路。

白色的月光,照得大毛心里亮堂堂的。

(原载《天池小小说》2013年11期,《微型小说选刊》2014年4期转载,《小小说月刊》2014年4期转载,被选为各地语文阅读题。)

围　栏

最近，工友们经常看到他独自一人坐在湖边发呆。有工友担心，说，他这是怎么啦？看他那痴痴呆呆的样子，该不会出事吧？有工友说，他啊，没事的，皮实着呢，想当年，他儿子死了，老婆死了，他也没出啥事啊。又有工友叹了口气，说，他啊，肯定是又想儿子老婆了，唉，真是个可怜人啊。

三年前，他和老婆带着四岁的儿子来工地打工。他做电焊工，老婆在工地煮饭，虽然工作又苦又累，但一家三口每天都在一起，他觉得日子苦里也透着甜。辛苦繁忙的工作之余，工友们常常看到他一家三口手牵着手，在工地一旁的湖边散步。工地、湖边撒满了他们一家人的欢声笑语。这一家人啊，日子过得真带劲！工友们常常羡慕地望着他们一家说。说着说着，工友们就想起了远在故乡的老婆、孩子。想着想着，工友们的眼圈就红了。

一次意外的事故摧毁了他的幸福。他和老婆手上的活太多，根本无暇照看孩子，他们商量了一下，决定把孩子送去幼儿园。两人跑遍了这座城市大大小小的幼儿园，说尽了好话，没有一家幼儿园愿意招收他们的儿子，原因只有一个——他们没有本地户口，他们的孩子也没有本地户口。那些幼儿园，用一道无形的围栏，将他们的儿子拦在了外面。

见他们整天愁眉苦脸的样子，儿子小大人似地对他们说，爹、娘，俺不上幼儿园，俺是男子汉，可以自己照看自己。儿子的这句话,让他和老婆忍不住热泪盈眶。于是,他们忙活的时候,儿子就一个人在工地上玩沙子,或者跑到工地一旁的湖边玩泥巴。孩子的小脸被沙子和泥土弄得黑乎乎的,依然快乐得像只无忧无虑的小鸟。工友们看到孩子,忍不住感叹,这娃儿真懂事,穷人的孩子早当家啊。然而,好景并没有持续多久。有一天,他放工回来,没有看到孩子。他和工友找遍了整个工地,依然没有看到孩子的影子。第二天,他们在湖里发现了孩子的尸体,孩子的双眼睁得大大的,手里还紧攥着他用废铁做的玩具小手枪。他把小手枪从孩子的手里抽出来,粗糙的手指一遍又一遍地抚摸着,终于泪流满面。

他和老婆大吵一架,那是他们第一次吵架。老婆怪他没有照看好孩子,他怪老婆没有照看好孩子。第二天,他在湖里发现了老婆的尸体,老婆的眼睛睁得大大的,手里紧攥儿子的玩具小手枪。他把小手枪从老婆的手里抽出来,粗糙的手指一遍又一遍地抚摸着它,再一次泪流满面。

他找到湖区所在的居委会,请求他们采取防护措施。居委会的人说,这个啊,不属于我们的管理范畴,你一个外地人,咋那么多事儿啊?他跑遍了这座城市大大小小的部门,说尽了好话,没有一个部门愿意给危险湖区采取防护措施,他们给他的答复出奇的相同:你只是个暂住的外来工,这些事情不用你管,也不该你管。那一刻,他仿佛感受到这座城市有一道无形的围栏,将他和他的工友们拦在了外面。

从那以后,他再也不去湖边,他害怕看到那阴森森的湖水,湖夺走了他孩子的生命,湖让他失去了老婆,湖打破了他们一家人的幸福。可是,这几天,他频繁地出现在湖边,让工友们很是疑惑,问他,他却一个字也不说。自从儿子和老婆走后,原本开朗的他不再说话,沉默得像一个失语的哑巴。

最开始,工友们看到他望着湖水发呆。后来,又看到他扛着工地废弃的铁块往湖边跑,一趟又一趟。再后来,他又拿着家伙和工具箱去了湖边。第三天,工友们听到湖边传来"滋滋滋"的电焊声和"叮叮当当"的敲击声。这小子在干吗?疯了吗?还有几天工地就要转移了,他在胡闹些什么啊?工友们心里充满了疑问,却不得而知。

工地转移当天,工友们扛着行李赶往下一座城市,当他们经过湖边时,全部惊呆了。湖的四周围上了铁栏杆。工友们纷纷走过去,轻轻抚摸着围栏,坚固、光滑、美观,栏杆中间还有流线型的花纹,那花纹就像一簇簇跳动的小火苗,工友们摸着,摸着,心里暖暖的。

有买菜的老婆婆从湖边经过,惊叹一声,啊,太好了,这湖终于有围栏了,再也不用担心孩子来这里玩耍了。又有驾车的小伙子从湖边经过,又是一声惊呼,啊,这湖早该做个栏杆了,淹死好几个人了,谁做了这么大一件好事啊?以后再不会出事了……

工友们齐刷刷将目光投向他。这傻小子,用几个月的工资买了工地的废铁,原来是为了给这湖做围栏啊,有工友说。他紧攥着孩子的玩具小手枪,呆望着湖水,一句话也不说。

他和工友们坐上了大卡车。卡车开动,他怀抱着儿子和老婆的骨灰盒,回头,透过沾满尘土的车窗,他看到很多人涌向湖边,悠闲地在围栏边散步,有手牵着手的一家三口,有挽着胳膊的对对情侣。

一抹淡淡的笑容轻轻绽放在他脸上。

(原载 2015 年 7 月 5 日《宝安日报》)

我是一棵槐树

　　我是一棵槐树,生长在村头,已有上千年树龄了,不仅目睹了村子的沧桑变迁,也见证了村人的悲欢离合。

　　我知道许多村里人的秘密。虽然我不会说话,但我会耐心聆听他们说话,且不会泄露他们的秘密,所以他们百分百信任我,把我当作最忠实的倾诉对象,毫不保留地向我倾诉他们的喜怒哀乐。

　　那天,她第一次来找我。当时,她那么青葱水嫩,水灵灵的脸蛋像晨露里初绽的花蕊,荡漾着片片红晕。她坐在树根上,手指不断拨动着黑亮的辫梢,亮晶晶的眸子满含着娇羞与甜蜜。老槐树啊老槐树,明天,柱子就要去当兵了。他这一去,至少得三年时间,他让我等他,说回来后就娶我。虽然我舍不得他走,可我不能把他拴在这穷山沟里呀,那样他能有啥出息?听说外面的世界五光十色很精彩,但我相信柱子,他说过,他会永远爱我,无论发生什么事情,他都不会变心,也不会离开我,我相信他……

　　她的喜悦感染了我,在大风的帮助下,我欢快地扭动着身子,那是我为她跳的舞蹈。

　　半年后,她第二次来找我。此时的她和上次判若两人,衣衫不整,憔悴的脸上满是斑驳的泪痕,一双眸子蕴藏着凄楚和哀怨,整个人像狂风暴雨摧残过后凋残于地的落花,狼藉不堪。她扑倒在我身上,泪水像雨一样溅落在我身上,打得我生疼。老槐树啊老槐树，昨天从山上砍柴回来，天已经很晚了，在路上我被坏人糟蹋了，现在我还不知道那个天杀的是谁，天太黑了……我好害怕，这件事我谁也不敢讲，要是让人知道了，他们肯定会嘲笑我，辱骂我，爹娘也抬不起头来。我对不起柱子啊，我没脸见他了，老槐树，我该怎么办啊……

我想安慰她，想拭去她脸上的泪水，可惜，我只是一棵树，我什么也不能做，我只能挥舞树枝向她点头致意，当作我对她的安慰和回应。

又过了四个月，她第三次来找我。此时的她比上次更憔悴了，几个月时间，她似乎苍老了好几岁，如一朵抽干了水分的干花。宽大的破衣服没能遮住她隆起的肚子。她瘫坐在树根上，"嘤嘤"抽泣。老槐树啊老槐树，我肚子里有了那个混蛋的孩子，村里人骂我不要脸，说我勾引野男人，爹娘逼我说出孩子是谁的，但我什么也不能说啊，我不能说我被人糟蹋了，那样，他们会逼我把孩子打掉啊，毕竟他（她）是一条生命啊，他（她）是无辜的啊。老槐树，柱子不要我了，他给我写了信，叫我不要再等他了，他不回来了……

我为她感到深深的难过，她靠在我臂弯里，我温柔摇动着万千片绿叶，为她撒下阵阵凉意，想让她获取短暂的安宁和平静。

半年后，她第四次来找我。此时的她隆起的肚子不见了，她显得比以前更憔悴、枯槁了。老槐树啊老槐树，明天我就要嫁给刘铁匠了，虽然刘铁匠又老又丑，家里穷还好吃懒做，但他说可以照顾我和我的儿子，让我们有饭吃，有衣服穿，他说会把我的儿子当作他的亲生儿子一样对待。我讨厌他，不想嫁给他，可眼下除了嫁给他，我实在没有别的法子了……

我垂下树枝，用树叶温柔抚摩着她的脸，默默赐予她力量，希望她能坚强。

一年后,她第五次来找我。此时的她鼻青脸肿,脸上布满了伤痕,像许多条扭动着身子的小蛇,让我触目惊心。老槐树啊老槐树,我的命咋这么苦啊?刘铁匠成天赌博喝酒,一不顺心就打我骂我,说我是不要脸的女人,生了个野种。无论他怎么折磨我,我都能忍,可他动不动就拿我的儿子来撒气,我的命好苦啊,真想一死了之,可我放心不下儿子啊……

我想劝她,劝她离开刘铁匠,但我只是一棵树,我一个字也说不出来,我在心里默默为她哭泣。

二年后,女人第六次来找我。这一次,女人衣着整洁,脸上出奇的平静。老槐树啊老槐树,我终于查出是谁糟蹋我了,是村主任,但我没有告他。村主任有权有势,我一个弱女子,怎么告得动他?刘铁匠也不让我告村主任。村主任已经收了我的儿子做干儿子,还给刘铁匠在镇上找了份工作……

她走了。她身后,大风吹得我呼呼作响,她不知道,那是我伤心的哭声,那飘落一地的,也不是落叶,而是我破碎的心……

从那以后,她再也没有来过。

(原载 2014 年 11 月 23 日《宝安日报》)

城市森林里的小鸟

春节,团圆的日子。

昏暗的灯光水一般轻泻在工棚内,留下朦胧的光影。简易的铁架床前,他清瘦的身影被灯光拉得又细又长。一碟花生米、两个馒头、一瓶啤酒,就是他今晚的年夜饭了。一杯啤酒下肚,他抬头望向窗外。窗外,万家灯火通明,璀璨如烟火。他想家了,蚀骨地想念,想他的女人和儿子。他的女人,虽然瘦小,却像头勤劳忠诚的老牛,每天在家乡贫瘠的土地上挥洒着血汗,从不说苦累。他的儿子,虽然每天吃着粗茶淡饭,却长得比他还要健壮高大。

他有两年没回家,没回家过年了。回去一趟光车费就要花几百块钱,这些钱足够女人和儿子在家过个丰裕的年了。本来,他准备今年过年回去的,可前几天包工头突然找到他,一反常态,异常亲热地对他说:别回去了,帮我照看着工地,过完年我给你封个红包。他毫不犹豫就答应了,怎能不答应呢?儿子就要考大学了,儿子学习成绩好,人人都说儿子能考上一所好大学,不是清华就是北大。他要提前给儿子攒足学费。

工棚里静悄悄的,静得让他害怕。他真希望有人能听他说说话,哪怕有只小动物,能听他唠叨几句也好呀。可是,平时那些天天出没于工棚的老鼠、蟑螂、苍蝇今天也没了影儿,难道这些小家伙们也躲在巢穴里过年了? 他苦笑起来。

披上沾满尘土的工作服,他如一尾鱼滑出了工棚。大街上,张灯结彩,披红挂绿,一派喜气洋洋的热闹景象。路上人流如织,欢声笑语连绵不绝,手挽着手的情侣,成群结队的一家老小,每人人脸上洋溢着节日的喜悦。走在熙熙攘攘的人群中,他觉得自己像个异类,感到额外孤独、寂寞。

环顾四周,高楼林立,各种风格的建筑如春笋般矗立在城市之中。许多建筑,他特别熟悉,因为它们流淌着他和工友们的温度与气息。

在一幢大楼前,他不禁停下脚步,双手轻轻抚摸着楼房光滑的墙面,如同遇见故友,握手寒暄。大楼是一年前建的。记得楼房快要封顶时,他和工友们连续赶工,两天两夜没合眼。那天,一个工友因为疲劳过度,像蝴蝶一样从楼顶坠落下来,如注的鲜血若艳丽的花朵在地上绽放,工友永远闭上了眼睛,再也没醒来。喂,你干什么?大楼保安冰冷凌厉的声音打断了他的思绪。他回过头,看到保安正紧紧盯着自己,像看贼一样。他不好意思地一笑,默默地快步走开。

他继续往前走,经过一个富丽堂皇的酒店,他驻足朝里看了很久。酒店内灯火通明,酒香弥漫,衣着光鲜的人们觥筹交错、言笑晏晏。酒店是半年前建的,当时,他们赤着胳膊,顶着日头在高温下作业,一位工友突然中暑晕厥,被送进一家私人小诊所抢救。醒来后,工友说的第一句话便是:快,我要上工去,要不半天工钱又没了。他不经意抬头时,看到酒店露天玻璃窗内,一个浓妆艳抹的女子用奇怪的眼神看着他,还朝他指指点点。看什么看?女人一旁的肥胖老头狠狠瞪了他一眼。他逃也似地走开。

漫无目的地朝前走,他来到步行街。步行街两边,挤满了摆摊的小贩。经过一个买鸟的小摊时,他不由自主停下。一只黑色、瘦弱的小鸟关在笼子里,它耷拉着脑袋,孤零零站在笼中,一动也不动,像他一样孤独。自己何尝不是一只飞在城市森林里的异乡小鸟?他幽幽地想。

这鸟多少钱,我买了,他说。女人说:最后一只,算你50块钱吧!他也不知道自己为什么突然想买一只鸟,平时,他可是连包三块钱的劣质烟都舍不得买呀。女人把笼子递给他。赶紧回去吃年夜饭吧,他说。女人冲他感激一笑,长长地舒了口气。

他提着鸟笼,快步来到公园的大槐树下。平时只要有空,他都喜欢来槐树下坐坐。他的老家,也有一棵这样的槐树。晚上,女人喜欢把饭桌移到槐树下,他们一家人就坐在树下吃饭。树上的鸟儿"叽叽喳喳"唱着欢快的歌儿。儿子说,你们听,鸟儿们在为我们的晚饭伴奏呢。雪白的月光从树间洒下,照在女人脸上,女人的笑容月光一样温柔。

平时,公园有很多人散步,今天却看不到一个人。大过年的,谁还来公园吹冷风?他坐在槐树下,打开笼子。小鸟,飞回家去吧,回去和你的家人团聚吧,他说。

鸟儿展开翅膀,飞出笼子,飞向天空,不见了踪影。

他好希望自己就是那只小鸟。

(原载《美塑》第 21 期)

我在这里很好

　　已经两天没吃东西了，走在街上，他浑身乏力，头脑眩晕，双腿发软，像街边那块摇摇欲坠的广告牌，随时都可能倒下去。

　　路过一家面包店，一阵阵浓郁的面包香味儿扑面而来，他忍不住停下脚步，贪婪地吮吸起来。顺着玻璃橱窗望进去，金黄的面包宛如一只只精美的金元宝陈列其中，散发着诱人的香气，上面裹满了各色肉松、奶油、水果。看着它们，他的口水不听使唤地往外涌，他拼命地咽口水。他好想尝尝这些面包，哪怕是一小口也好。这些面包肯定跟他女人做的大包子一样美味，想着，他又咽了几下口水。他突然无比想念家乡，想念他远在家乡的女人。一个多月前，他离开家乡和女人，坐了几天几夜的火车，来到这座陌生的城市。他走的时候，女人的肚子已经大得像座小山了，他快要当爸爸了。家乡贫瘠的土地，不能让他和女人过上富足的生活，他必须出来挣些钱，他想让女人和他即将出生的孩子生活得更好一些。

　　在家里时，他听村里人说城里到处是金子，只要肯吃苦就能挣到钱。可是，他走遍了整个城市，应聘无数单位，遭遇的全是冷语白眼，人家要么嫌他没学历没文化，要么嫌他是外地户口。在城里吃饭要钱、喝水要钱、坐车要钱、住宿也要钱，尽管他一分钱当两分钱花，饿了买几个馒头吃，渴了就喝几口自来水，晚上偷偷睡在公园的厕所里，他身上的钱还是花光了。

　　此刻,他急需一些食物充饥,那些面包,像一个个充满诱惑力的精灵,不停刺激着他,他快要发疯了。虽然,两天前他就身无分文了,但他还是怀着侥幸心理,把全身上上下下的口袋仔细翻了个遍,依然是空无一文。他彻底绝望了,一屁股瘫坐在路边的垃圾箱旁,呆呆地看着这座城市。城市热闹繁华,金碧辉煌,可这一切,都与他无关,他想死的心都有了。但他不能死。他死了,他的女人怎么办?他即将出生的孩子怎么办?为了他们,他必须活下去。突然,他感觉屁股被什么东西咯了一下,生疼。起身,他看到一块细长的琉璃在阳光下闪耀着明晃晃的光,像一把锋利的弯刀。他捡起那块玻璃,心里一个激灵,冲进了面包店。

　　面包店里有几个顾客正在选购面包。门口收银处,坐着一个女人,女人正在电脑上看电影,表情沉静柔和。快,给我一些钱,再给我几个面包。他用玻璃指着女人的脖子。店里的顾客吓得尖叫连连,如鸟兽四散。女人惊恐失色,战战兢兢地起身,颤抖着从办公桌里取出一叠钱递给男人。男人有些惊慌害怕,钱没接住,掉在地上,飞得四处都是。

　　男人正要去捡钱,他的手机响了一下,是短信息的提示音。他一手拿玻璃对着女人的脖子,一手从口袋里取出手机。是他女人发来的信息:你当爸爸了,我刚刚给你生了一个儿子。忘了告诉你,我偷偷在你行李包底层中间的袋子里放了一张卡,卡上有1000块钱,卡号是你的生日,以备你急用。为了我和孩子,你在外面一定要好好的。

　　"哗啦"一声,他手里的玻璃落在地上,裂成碎片儿。他两手紧紧捧着手机,一遍又一遍地看着那条短信,心里涌动着一股暖流,他的眼泪流了出来。他如梦初醒,狠狠扇了自己一耳光。对不起,对不起!他满怀歉意地看着收银处的女人,一连迭声地说。女人瑟瑟发抖地瞅着他,吃惊而意外。他将散乱在地上的钱捡起来,整理得整整齐齐,放进女人颤抖的手中。

他打了一个电话给女人:你放心,我在外面很好,吃得好,住得好,工作也找到了……在和女人的通话中,他忘记了烦恼,忘记了饥饿,忘记了一切,就连警车由远及近的警报声他也没听到。

几个警察冲进面包店。不许动!三个警察把他按在地上。刚才我们接到电话,说有人到你店里打劫,你没事吧?一个警察问收银处的女人。

我想你们弄错了,刚才没人打劫啊!女人指了指他,说,他是进来买面包的。

真的吗?警察不相信地问。

真的,警察同志,一定是有人恶作剧报假案。女人平静地笑着。

警察离开了。女人从橱窗里拿出一个面包递给他。吃吧!女人朝他一笑,说,我的面包店正好缺一个送货工,如果你愿意,就来做吧。

好……谢谢……谢谢……谢谢!男人咬着面包,激动得快要说不出话来。在这座城市里,他第一次感受到了温暖。

他给女人发了一条信息:我在这里真的很好!

(原载《天池小小说》2014 年 10 期,《小小说选刊》2015 年 6 期转载,选入《暖爱》一书)

特殊的纪念

正午,烈日当空,如火焰灼烧着大地。

街上看不到几个人,大热天,缩在家里吹空调都嫌热,谁还在外面走动?他是个例外,头顶烈日,面色凝重,神情肃穆,沿着公路一直朝前走,脚步铿锵有力。

毒辣的阳光把他的脸、胳膊晒成酱紫色,细密的汗珠从他额头、脸上和身上直往下流,宛如雨下。很快,他身上的衣服全部湿透了,像刚从水里提出来一样。一辆汽车在他身边停下,他摆摆手,汽车绝尘而去。

他马不停蹄地走向前方,没停下来喘口气。尽管又热又累,但他浑身充满了力量,脚下的步子訇然作响。

一年前,在这条路上,一个陌生男人陪他走了整整 15 站路,从城东一直走到郊区。

那年夏天,他以全市文科第一名的成绩考取了东南大学。开学时,他独自去学校报到,那是他第一次进城。他走了十几里山路,又转了三次车,终于到达城里。他的学校在郊区,离城区还有18 站路。

临近中午时,他挤上了开往郊区的公共汽车。车上人满为患,闷热浑浊的空气中,香水味、汗水味、烟酒味等各种使他难受的味道不断刺激着他的嗅觉神经,他脑子里一阵眩晕,感到恶心和反胃。他想吐,又不敢,他怕吐在车上让人笑话,毕竟,车上到处贴着醒目的温馨提示：请乘客讲究卫生。他咬紧双唇，将快要吐出来的酸水强咽回去，双手慌乱地翻动着行李包，看能否侥幸找到一个袋子，好吐在袋子里。袋子没找着。他坐立难安，胃里酸水翻腾，难受极了。

孩子，难受就吐在我雨衣上吧，坐在一旁的男人侧身靠近他，柔声说道。说着，男人快速从包里掏出一件雨衣，那雨衣虽然已经很陈旧了，但洗得很干净。男人双手捧着雨衣送到他面前，他睹到一双枯瘦如柴的手，手上青筋暴起，布满粗茧，指甲缝里沾满了泥土和黑煤渣。他实在忍不住了，哇哇一阵狂吐，几乎把肠子都吐出来了。男人用雨衣将他吐出来的秽物接住，小心翼翼捧着，生怕秽物溅落在地。

吐完，他感觉舒服了许多。他感激地看了男人一眼，男人也含笑看着他，因为太瘦，男人一双眼睛显得格外大、格外亮。

臭死了！一束束异样的目光朝他和男人扫射过来。这些乡下人太不讲卫生了。赶紧下车吧，别污染车上的空气……车厢里的埋怨声、叫骂声不绝于耳。

他不知如何是好，离东南大学还很远，但他必须下车，乘客们愤怒的眼神像一把把锋利的匕首朝他们刺来，令他不寒而栗，他一刻也待不下去了，抓起行李包，逃也似地下了车。

站在街道上，他觉得委屈、难受，好想大哭一场。男人背着大包行李，从车上跟下来，走到他跟前，朝着他笑。男人的笑容质朴、真诚，让他感到舒服和温暖，他抬抬头，把快要流出来的泪水逼了回去。

孩子，你去哪？男人目光慈祥。

我去东南大学。

原来你是大学生啊，我儿子去年刚考上大学。男人沧桑的脸闪烁着幸福的光晕。我陪你一起走吧,男人说。

到我学校还有 15 站路呢! 你去哪?

我在郊区打工,男人说。咱们一起走吧,就当是锻炼身体了。男人陪着他朝前走去。烈日炎炎,他们走了整整 3 个多小时,才到达他的大学。

把他送到学校门口,男人挥手离开。孩子,好好念书! 男人慈祥地对他说,那神情宛如他的父亲。

他立在夕阳里,目送着男人离去。男人那瘦得只剩下骨架的背影,像一片抽干了水分的叶子,从他的视线里慢慢飘走。

五天后,在学校宣传栏报纸的最显眼处,他看到一则新闻:郊区某黑矿井坍塌,三名矿工遇难。在曝光的遇难者照片中,他看到男人那瘦削的脸庞、大而亮的眼睛。照片上的男人一直对着他笑,笑容质朴、真诚。犹如五雷轰顶,他呆立在男人照片前,久久不愿走开,泪水模糊了双眼……

顶着酷暑,他一直向前走着,每一步都走得那样稳健、有力。

他要走完这 15 站路,走完这条男人陪他走过的路。他要用这种特殊的方式缅怀和纪念那个陌生的男人。

今天是男人遇难一周年的祭日。

(原载《黄金时代》2013 年 11 期上半月刊)

照 片

女人上班时，看见一个男人鬼鬼祟祟站在她别墅门口朝里张望。女人下班时，男人还在她别墅门口晃悠着。

最近，她所住别墅一带经常发生被盗事件，她不禁害怕起来，立即报了警。

警察赶过来时，男人还在别墅门口来回走动，眼睛直瞄着别墅，形迹十分可疑。警察冲过去，飞快地把男人扑倒在地。干什么的？想偷东西吗？警察怒喝道。

哎呀，男人疼得叫了几声，警察同志，您弄错了，我不是小偷，男人挣扎着说。

不是小偷你偷偷摸摸站在人家门口干什么？再不说实话，我抓你进派出所。警察的双手紧按着男人的头。

我真不是小偷，不信你搜搜我，看我身上有没有作案工具，男人苦笑。

警察松开一只手，在他身上一阵搜索，只搜到一个破了皮的钱包。警察在钱包里翻了翻，里面除了二十几块零钱外，还有一张泛黄的照片。照片上，一个女人抱着一个孩子，俩人的笑容花儿一样灿烂。

这是我老婆和孩子，男人笑起来，笑容里洋溢着幸福。

望着男人纯朴真挚的笑脸，警察松开了双手。不是小偷，你站在人家门口做什么？

男人站起来，扭扭被警察弄疼的脑袋，我在看别墅呢！

别墅有啥好看的？又不是什么名胜风景，警察有些好笑。

这别墅是我们工地建的，是我们的劳动成果。过几天我回老家去了，再也看不到它了。

警察的心微微一震，真的吗？

男人憨厚一笑，笑容掺杂着一抹淡淡的骄傲，他指着阳光下一排豪华别墅说，这些别墅全是我们建的，它们的一砖一瓦都是我们亲手盖的，就像我们的亲生孩子一样。

警察心里一阵发酸，我给你在别墅门口拍几张照片吧，这样你就永远记住它们的样子了。

男人的眸子里折射出惊喜的光，真的吗？

警察昂昂头，大丈夫一言既出，驷马难追，明天我放假，到时我把相机带过来给你拍，明天八点钟，你在这里等我。

第二天一早，男人和警察在别墅门口会合。

警察端起相机，来，看着镜头，摆个帅点的姿势。

男人环抱双手，生硬地笑着，第一次面对镜头，男人有点难为情。

你的表情太不自然了，放松一些，像平时对着你老婆孩子时一样，警察说，来，笑一个。

警察的话让男人突然放松了许多，男人笑着对镜头说了声"茄子"，警察"咔咔"连拍几张。

拍完照片，警察问男人，你来城里多久了？

两年多了，男人说。

这座城市你都玩遍了吧？警察问。

男人摇摇头，除了工地，我哪里也没去过，太忙了，没时间玩，最近工程完工了，我才有两天休息时间。

警察说，要不，今天我带你出去转转吧，反正我今天放假，正愁不知道如何打发呢。

好啊，兄弟，太谢谢你了！男人脸上泛起了红光。

警察是个称职的导游，带着男人把城里各个景点玩了一圈，男人孩子般欢快雀跃。

第三天，火车站候车厅，警察来送男人。

警察递给男人一沓照片，这是给你拍的照片，刚洗好的，你放好。

谢谢你，兄弟，你给我照得太好了，比我本人帅多了，男人翻动着照片甜蜜地说，我老婆和孩子还不知道我打工的地方是啥样子，别墅是啥样子，有了这些照片，她们就明白了。

我们俩合张影吧，我留着做纪念，警察说。

好呀，我正有这想法，男人说。

警察请一个路人帮他们拍照。警察和男人亲密地搭着肩膀，傻傻地笑着。"咔嚓"一声，相机记录下这一幕。

快上车了，男人和警察的手紧紧握在一起，依依不舍。

欢迎你下次来城里做客，警察说，下次带着你老婆和孩子一起来。

男人说，也欢迎你到我老家做客，到时候，我请你喝我自己酿的高粱酒。

好呢！警察的眼里闪烁着泪花。

火车启动了，警察依依不舍地跟男人挥手道别。

男人将照片小心翼翼放在胸前的口袋里，把头伸出车窗外，他看了一眼警察，看了一眼繁华的城市。

男人的眼睛湿润了。

（原载 2014 年 9 月 14 日《宝安日报》）

心　魔

善文,八宝粥熬好了,过来吃吧。她将一碗八宝粥端到桌上。雪白的瓷碗里,八宝粥色泽鲜艳、热气腾腾,淡淡的清香飘满了整个餐厅。

8岁的善文蹦蹦跳跳跑过来,捧起碗闻了闻,满嘴哈喇子,像只一脸馋相的小猫儿。阿姨,真香啊!虽然她只是家里的保姆,但善文总是亲切地叫她阿姨。善文拿起勺子,正准备吃,想起了什么,突然停下来:阿姨,拿个碗给我。

她去厨房拿了一个碗给善文。善文将八宝粥倒了一半到碗里,他一双小手捧着碗,小心翼翼端到她面前。阿姨,你也吃吧。她接起碗,心里如同刮起了一阵狂风,接着是好一阵感动。

她目不转睛地盯着善文,看着他用小勺子舀起一勺八宝粥,递至嘴边,欲放进嘴里。不要吃!她突然大喊一声,疾步跑到善文面前,一把夺去善文手里的碗。

阿姨,怎么啦?她突如其来的举动把善文吓了一跳。哦,我突然想起八宝粥里没有加糖。她端起碗,飞快钻进厨房,把八宝粥全部倒进了垃圾桶。

她呆立在厨房里,望着空空如也的饭碗,狠狠抽了自己两个耳光,她恨自己心太软,还是下不了手。刚才,她在熬八宝粥的时候,偷偷倒进去半瓶安眠药。她要让善文一直沉睡下去,永远不醒来,像她的东儿一样。然而,她没有做到。

一年前,她从外面打工回家,才知道儿子东儿已经去世了。丈夫告诉她,东儿被一个老板的奔驰车撞死了,老板赔了很多钱,够他们家花一辈子了。高额赔偿金并没有让她感到丝毫欣慰,相反,她痛恨老板,恨他无情地夺走了东儿的性命,虽然她没什么文化,但她知道再多的钱也换不回儿子。望着遗像上儿子朝气蓬勃的笑脸,她泪流满面,心如刀割。从那天起,她心里突然住进了一个魔鬼,魔鬼不停提醒她:替儿子报仇,去报复那个刽子手老板,让他也承受丧子之痛。

她打听到老板在城里的地址,在老板所居住的小区做起了清洁工。一个月后,机会终于来了,她听管理处的人说老板家要请一个保姆,她辞了清洁工的工作去应聘,天助她也,她竟然应聘上了。

今天,老板夫妇去外地出差了,她知道,千载难逢的复仇机会终于盼来了。大清早,善文吵着要吃八宝粥。熬粥时,她将早已准备好的安眠药倒了进去。如果善文喝下八宝粥,他将和东儿一样,永远离开这个世界。可是,在最后时刻,她突然心软了。

她瘫软地靠在灶台边,听到心里的魔鬼在嘲笑她,笑她软弱,笑她傻。她有些后悔,后悔刚才为什么不能心肠硬一些。等会儿绝不能再心软了,她想。

阿姨,你怎么啦?善文走过来问。没什么。她振作了一下精神。阿姨,八宝粥呢?我的肚子已经饿得"咕咕"叫啦。善文咯咯笑着。刚才我尝了尝,熬糊了,苦得很,我倒掉了。等会儿,我再给你熬。

阿姨,你记得多熬一碗,一共熬三碗。熬这么多?给大哥哥也熬一碗。大哥哥?

去年,爸爸在乡下把一位大哥哥撞死了,爸爸告诉我,大哥哥死的那天正好是腊八节早上。我想,大哥哥肯定还没来得及吃上一碗八宝粥。

你的大哥哥真可怜。她眼里的泪光宛如星星在闪烁。

希望哥哥在天堂能吃到一碗八宝粥。善文天真无邪地望着她,神情宛如天使一般。

好,善文出去看电视,我熬好了叫你。

善文蹦蹦跳跳地出去了。默默望着他那欢乐的背影,她从口袋里摸出剩下的半瓶安眠药,毫不犹豫地扔进了垃圾桶。

她把八宝粥熬好了,共三碗。善文端起一碗,在碗上摆上一对筷子,然后双手合十,微闭双目,喃喃低语:大哥哥,吃腊八粥吧,我阿姨做的,可好吃啦!

看着善文天真无邪的面孔,她的内心顿时一片安详平静,心中那个住了很久的魔鬼已经消失不见了。

(原载 2013 年 9 月 1 日《南方日报》)

第四辑

世相纷纭

不只是一条鱼的事

　　春杏和小桃打小一起长大,后来又嫁到同一村子,屋前屋后住着,俩人情同姐妹,十分要好。

　　年前,春杏拿出家里所有积蓄,请来了挖土机师傅,把自家门口的田地开挖为鱼塘。年后,春杏把鱼塘撒上鱼苗。在春杏的精心喂养和照看下,鱼塘的鱼儿长势喜人,一天比一天大。

　　这天,小桃从地里干活回来,经过春杏家的鱼塘,看到一群群肥美的鱼儿冒出水面,在水中扑腾嬉戏,小桃心中欢喜,兴冲冲跑到春杏家,说,春杏,刚才路过你家鱼塘,鱼儿长得可大可肥啦!看样子,今年你家的鱼要丰收了,恭喜你啊!春杏笑着说,过段日子,等鱼儿再长大些,我打几条鱼上来尝尝鲜,到时你也尝尝。小桃连忙摆手拒绝,不用了不用了!为了这鱼塘,你忙得没白天黑夜的,我哪能占你的便宜呢?咱是好姐妹,我更不能占你便宜。

　　没过多久,端午节到了。春杏的儿子柱子从学校放假回来。平时舍不得吃鱼的春杏去鱼塘打了两条鱼上来,自家留了一条,一条送给小桃家。小桃死活不肯要。春杏,这鱼你平时都舍不得吃,我哪能这么嘴馋?赶紧拿回去,留给我大侄子吃。春杏说,放心,我给你大侄子留了一条,咱们亲姐妹一样,你甭跟我客气了。盛情难却,小桃只好收下,她心里既感动又觉得过意不去,想着以后绝不能让春杏破费了。

中秋节的时候,春杏又给小桃家送来一条鱼。小桃,中秋节到了,我拿条鱼给你们吃。小桃收下鱼,说,春杏,你看,又让你破费了,让我说什么好?春杏说,啥也别说了,不就是一条鱼嘛,今年我家的鱼收成不错。

国庆节的时候,春杏又给小桃家提了一条鱼。小桃,我给你送鱼来了。小桃收下来,说,春杏,你看我都吃了你家好几条鱼了。春杏说,别跟我客气,过年过节的,送条鱼给你吃有什么的。

转眼到了春节,看到春杏一早就去鱼塘捕鱼去了,小桃心想,今天春杏又该给我送鱼了吧?结果等到下午,也不见春杏送鱼过来,小桃心里涌起一丝淡淡的失落感。快到晚上的时候,春杏提着一条鱼来到小桃家。小桃,今天我忙昏头了,现在才想起送鱼给你,不晚吧?小桃说,不晚不晚,我晚饭还没开始做呢!现在送来正好,我刚好做碗鱼汤,年年有余嘛!从春杏手里接过鱼,小桃心里如同卸下一块大石头,终于松了口气。

元宵节到了,小桃寻思着春杏又该给她送鱼来了,便把做鱼的配料先准备好了,结果等了一整天也不见春杏送鱼过来,小桃心里很不是滋味。晚上,小桃特意来到春杏家,看到春杏家的桌子上还有吃剩的半条鱼。哟,春杏,今天做鱼吃了啊。是啊,今天柱子开学,吵着嚷着非要吃鱼,就打了一条煎给他吃,这孩子,越大越嘴馋了。小桃四下望了望,问春杏,咋不见柱子人啊?春杏说,柱子给我娘家送鱼去了,现在还没回来呢!小桃心里酸溜溜的,没说几句话就回去了。

回到家,小桃翻来覆去睡不着觉。春杏怎么回事啊?以前逢年过节都送鱼给我,今天元宵节咋就不送了啊?难道她忘记了?不可能啊,她都记得给她娘家送鱼啊!春杏真是的,不就是一条鱼吗?值得了几个钱啊?大过节的,也舍不得送一条给我吃,太小气了！真是气死人，以前每次过节都送鱼，今天凭啥不送了？什么人啊？实在是太过分了！

第二天，小桃从地里干活回来，经过春杏家的鱼塘，看到一群群鱼儿在鱼塘里活蹦乱跳，她如鲠在喉，非常难受。见四下无人，小桃抄起一块石子朝鱼塘扔去，"哗啦"一声，鱼儿们吓得惊慌失措，游到水底没了踪影。

几天后，春杏去鱼塘看鱼，看到满塘鱼全部翻着肚皮漂在水面上，白花花一片。春杏吓了一跳，捞起鱼一看，发现鱼儿已经死了。整个鱼塘的鱼全部死光了。春杏急得大哭起来，昨天我的鱼还好好的，今天怎么就死了？春杏打电话请来镇上的水产养殖专家。专家一看，说，这些鱼全都中毒了，看样子，有人下了毒。春杏急忙报了警。

经过警方几天调查，找出了给春杏鱼塘下毒的人，竟然是小桃，这让春杏大吃一惊。

小桃被警察带走了。春杏追赶着小桃喊，小桃，我实在想不明白，你为什么要给我的鱼下毒啊？小桃回过头，恶狠狠地看了春杏一眼，说，元宵节你没给我送鱼。春杏说，不就是一条鱼吗？小桃怒气冲冲地说，不只是一条鱼的事儿。

（原载《百花园》2015 年 7 期）

都是别人的好

走出富丽堂皇的度假酒店，呈现在贵妇眼前的是醉人的田园风光，泥墙砖瓦的农舍宝石般点缀在青山绿水间，成片的橘园宛如一望无际的碧绿海洋，红彤彤的橘子挂满了树枝，似无数盏红灯笼亮燃其间。

贵妇终于松了口气。刚才在度假酒店，紧张的气氛几乎令贵妇喘不过气来，在与客户漫长的谈判中，她费尽了唇舌费尽了脑细胞，累得筋疲力尽、口干舌燥。趁客户午休间隙，她偷溜出了酒店。

十月的天，太阳还十分猛烈刺眼，贵妇戴上一顶精致的粉色太阳帽，从坤包里掏出一副墨镜戴在脸上，走进无边的田园画卷中。

度假酒店不远处，一间简陋的农舍掩映在绿树红花之中。一个农妇急匆匆走出农舍，她拢了拢额前乱蓬蓬的头发，戴上一顶旧草帽，背上背篓，火急火燎朝橘园赶去。刚才，农妇接到村主任的电话，说下午有果商来村里收购橘子，她得赶紧去采摘橘子。

农妇没走几步，听到屋里传来婴儿的啼哭声，她急忙回屋，抱起床上的婴儿。乖宝宝，莫要吵，听娘话，睡觉觉。她轻声哼唱着童谣，马不停蹄朝橘园赶。每天要干农活，要带孩子，忙得跟打仗一样，还要担心田地里的蔬果、庄稼，生怕它们有个闪失。最近，橘园的橘子成熟了，不及时采摘就烂在树上了，一年的辛苦就白费了。

赶到橘园时,孩子已经在怀里睡着了,农妇用小被子把孩子包好,放在橘树下的草丛里,立马动身采摘橘子。

贵妇走着走着,不知不觉走近农妇的橘园,她看到一幅温馨动人的画面:农妇站在茂绿的橘树下,用剪刀麻利地剪下橘子,丢进背后的背篓里, 豆大的汗珠子挂在她黝黑、布满皱纹的脸上,她一点儿也顾不上擦。橘树下的草丛里,粉嫩可爱的婴孩躺在襁褓里睡得正香,红扑扑的胖脸上挂着甜美的笑容。农妇一边采摘橘子,时不时低头看一眼婴孩。

贵妇不由羡慕起农妇来,农妇多么悠闲自在啊,她生活在画卷一样美丽的田园风光里,每天守护着家园和田地,每日陪伴在孩子身边,春耕秋收,衣食无忧。哪像自己?成天满世界飞,见不完的客户,谈不完的生意,住酒店的时间比住家的时间长,一年和儿子难得见上一面。什么时候才能过上农妇这样的美好日子啊?贵妇每天拼了命地打拼,就是为了过上农妇这样的生活。贵妇幻想着有朝一日携家人退隐乡野,建一间农舍,种花种菜,相夫教子,远离商场的尔虞我诈,远离都市的繁华喧嚣,洗尽铅华,返璞归真,过平淡素朴的日子。

农妇忙了一会儿,已累得气喘吁吁,她停下手里的活儿,擦了把汗,不经意一回头,看到不远处的贵妇。贵妇衣饰华美,装扮考究,像画里的人儿一样明艳动人。这贵妇人一定是来度假酒店度假的吧?村里的度假酒店,农妇只在外面远远地看过,从没有机会看看里面是什么样子。出入度假酒店的人非富即贵,自己一介贫民农妇,哪有机会进去开开眼界啊!

农妇由衷地羡慕贵妇,贵妇保养得真好啊,细皮嫩肉,光鲜亮丽,一看就是富贵人家,穿金戴银,养尊处优,吃喝不愁。哪像自己？每天吃着粗茶淡饭，穿着粗布衣裳，成天灰头土面的，干不完的农活，带不完的孩子。什么时候能过上贵妇这样的日子呢？农妇每天累死累活地劳作，就是为了能过上贵妇这样的日子啊。农妇想象着将来能离开农村，去繁华的城市买一套房子，远离农村的单调枯燥，远离劳作的苦累艰辛，每天穿得干净，吃得丰盛，一家人过上像样的生活。

突然，一阵热闹的手机铃声打破了橘园的寂静。贵妇的电话响了，农妇的电话也响了。

贵妇接通电话。老板，您去哪儿了？下午的谈判快开始了，您快回酒店，客户们正等着您呢！电话里传来秘书着急的声音。好好好，我马上回来。贵妇挂掉电话，急忙往度假酒店赶去。

农妇也接通了电话。喂，你的橘子摘完了没有？果商的大卡车已经到村口了，你赶紧把橘子背过来。电话里传来村主任着急的声音。好好好，我马上就过来。农妇背起满满一背篓橘子，抱起孩子，慌忙向村口赶去。

贵妇和农妇相继离开，橘园又恢复了寂静……

（原载《天池》2015 年 6 期，《小小说月刊》2016 年 4 期上半月刊转载）

证 据

夜半时分，一阵拍门声把冬梅从睡梦中惊醒。她大气都不敢出，吓得直哆嗦，赶紧用被子蒙住脸，用双手捂住耳朵。她希望在自己无声的沉默中，拍门的人会识趣地自动离去。哪知道，拍门声不但没有停，反而越来越急促，越来越响亮。冬梅又生气又害怕，心里像猫爪子挠过似的，难受极了。

冬梅的男人林建军长期在外打工，她独自留守在家。冬梅人长得清秀水灵，成为村里众多男人骚扰的对象，她就像一块诱人的天鹅肉，个个男人都希望尝上一口，特别是那些没婆娘的光棍汉。

听着那越来越急促的拍门声，冬梅心想：哪个不要脸的臭男人？竟敢拍老娘的房门，老娘不发威，你当我是病猫啊。冬梅也不知道哪儿来的胆量，"腾"地从被窝里钻出来，蹑手蹑脚走到书桌边，从桌上摸到一块石头。这石头是她早上在河里洗菜时看到的，觉得好看，就捡回来放在书桌上当摆设，现在正好派上用场。

冬梅轻轻地把窗户打开一道小缝，斜着眼睛看出去，看到一个黑影正站在自家堂屋门口。她抄起石头，把手从窗户缝伸出去，朝着黑影狠狠一扔。啊！只听见一声凄厉的惨叫，拍门声戛然而止。

冬梅在窗户缝里看见黑影落荒而逃，这才松了一口气。冬梅又好气又好笑。这些不要脸的东西，把我当什么人了？以为我是那些水性杨花的女人啊，以为我想男人想疯了，拍我房门我就开？想得美。也不撒泡尿照照，你们啊，连我男人一根汗毛都比不上。冬梅在心里狠狠地骂着。骂着骂着，她又想起林建军来了。林建军已经半年没回来了。

第二天，冬梅一打开房门，就看到门口有个破了洞的瓜皮帽。这顶破帽子好眼熟，她似乎看谁戴过，她冥思苦想了半天，想起村里的电工王大海戴过。原来昨天拍门的是光棍汉王大海啊，冬梅恨不得把这顶破帽子狠狠踩上几脚，然后把它踢到大马路上去。但她转念一想，不行，得先收起来，说不定以后有用，这是王大海骚扰我的证据啊。冬梅用两根手指头把帽子提起来，像沾着狗屎似的，厌恶地把它扔进了后屋的纸盒子里。

中午，王大海突然来到冬梅家收电费，他头上裹着白纱布。冬梅看了一眼，说，哟，你这头咋的啦？王大海说，昨天不小心在路上摔了一跤。冬梅一笑，说，摔得不轻啊，以后走路可得当心啊，别走错地儿，走到不该走的地方去了就不好了。王大海斜了冬梅一眼，你就别寒碜人了，你家的电费几个月没交了，今天必须得交，要不然我停你家电。冬梅口气软了下来，再宽限我几天吧，我家男人没回来，等他回来了，马上就交。王大海说，不交就得停电了。冬梅说，你敢停电，我就把我捡到的瓜皮帽拿出来大家瞧瞧。王大海说，你少吓我，有本事你拿出来让大伙瞧啊。

晚上，冬梅家的电停了。冬梅点起蜡烛去后屋纸盒子里翻出瓜皮帽，心里说，王大海，你等着瞧，有你好看的。

第二天，冬梅拿着瓜皮帽在村里四处晃荡，逢人就说，有个臭男人图谋不轨，晚上拍我家的房门，大家伙看看，这就是证据。

王大海不急也不气，他远远跟在冬梅屁股后面，也在村里四处晃荡，逢人便说，我去冬梅家收电费，她没钱交，硬是把我留在她家里过了一夜,还把我的瓜皮帽藏起来了,以此要挟我不交电费,哼,我偏偏不受他的要挟,照样停她的电。你们瞧,她手上的瓜皮帽就是她威胁我的证据。

村里的人议论纷纷,看样子,这冬梅和王大海真有一腿啊,那顶瓜皮帽就是证据啊。

年底,林建军回来了,刚走到村口,就听到有人在议论冬梅和王大海的事情,他心里很不是滋味。一回家,林建军把家里翻了个底朝天,最后在后屋的纸盒子里找到瓜皮帽。他指着帽子怒冲冲地问冬梅,说,你是不是背着我在家偷男人?冬梅委屈地哭起来,别听他们胡说,是王大海骚扰我啊,这帽子就是证据啊。林建军一口唾沫吐到冬梅脸上,我呸,你别蒙人了,王大海会特意把帽子留下来给你做证据?你当我是三岁小孩啊?说完,林建军把瓜皮帽朝冬梅脸上一丢,这顶绿帽子我可不戴,咱们离婚。林建军背上行李,头也不回地走了。

王大海在路上碰到林建军,林建军狠狠地瞪了王大海一眼。王大海看着林建军离去的背影,会心一笑。

冬梅哭了半天,泪水都哭干了,她气呼呼地想,我和王大海干干净净,你们都冤枉我和他有一腿,好,老娘就真和他来一腿,看你们还有什么话说。

家里没电,黑灯瞎火的,冬梅一早就睡下了。刚躺下,一阵急促的拍门声突然响起。冬梅想也没想就开了门。

第二天,冬梅家黑了几个月的灯突然亮了,冬梅站在门前往村里望去,有几家平时亮着灯的屋子却不亮了,冬梅心头不禁暗笑。而王大海得意扬扬地四处收电费,头上依然戴着那顶破了洞的瓜皮帽。

（原载《百花园》2015 年 3 期）

两只玉镯

晚上,慧馨做了个梦,梦见有个男人将一只玉镯子戴到她手腕上。醒来后,她绞尽脑汁苦想了半天,却始终想不起梦里男人的样子。

慧馨发了一条微信:梦见有人送我一只玉镯子,是谁呢?

微信刚发出不久,慧馨收到刘鸿发来的短信:晚上请你到郊区的农庄吃饭,有个礼物要送给你。慧馨不假思索立即回复了短信:好!

刘鸿是市教育局的一把手。去年,慧馨所在的小学举办五十周年校庆文艺晚会,刘鸿应邀出席了那次晚会。晚会上,慧馨深情演唱了一首《牧羊曲》。慧馨人美歌甜,迎得了满堂彩。晚会结束后,刘鸿上台和大家一一握手。刘鸿特意走到慧馨跟前说,你唱得太好了,想不到我们教育系统还有你这样的人才啊!

晚上,学校设宴招待刘鸿,刘鸿点名要慧馨作陪。席上,酒量不浅的慧馨连敬了刘鸿三杯。刘鸿竖起大拇指,好酒量,真是女中豪杰呀!宴席结束后,刘鸿和慧馨交换了电话号码。

从那以后,刘鸿时不时会发个短信给慧馨,如工作还顺心吗?有什么需要就跟我说等等。慧馨用撒娇的语气把自己执教的辛酸和委屈全部告诉了刘鸿。三个月后,刘鸿利用职务之便将慧馨调到县教育局办公室工作。慧馨的新工作体面轻松,常常是一张报纸、一杯茶就打发了一天。县教育局的同事、领导以为慧馨是刘鸿的紧要亲戚，对她也是客客气气的。

慧馨深知她得到的一切全是刘鸿给予的，如果没有刘鸿这座强大的"靠山"，凭她个人的能力，再怎么努力，一辈子充其量也只能做个小老师。所以，慧馨一直背着丈夫与刘鸿保持着暧昧的关系。

慧馨急匆匆赶到郊区农庄时，刘鸿早已在包厢里面等候了。一见慧馨，刘鸿立刻从公文包里取出一只锦缎盒子递给慧馨，打开瞧瞧，我送你的。

慧馨喜悦地打开盒子，一只翠玉镯子安静地躺在里面，镯子晶莹通透，翠绿光亮，在灯光下折射出美丽的光华，让慧馨的双目不愿从它身上移开。

翠玉镯子有些小，刘鸿用力把它戴在了慧馨手上，顺势摸了一把她的手，慧馨没有抗拒，刘鸿更大胆地把她拉进怀里。

晚上回到家，丈夫看见慧馨手上的翠玉镯子，笑着问，什么时候买的？慧馨说，我有个同学做玉器生意发财了，送给我的。丈夫没有再追问下去，慧馨暗自松了口气。

丈夫说，我买了一只墨玉镯子给你。丈夫从胸前的口袋里掏出一个绸缎小袋子，取出一只镯子，那镯子呈墨绿色，里面飘着丝丝缕缕的杂质。

慧馨接过丈夫递过来的墨玉镯子，和自己手上佩戴的翠玉镯子放在一起一对比，墨玉镯子显得黯淡无光，一下子被比了下去。

一看就是地摊上买的假货，慧馨气呼呼地想着，把丈夫送的墨玉镯子丢进了手提袋里。我以后再戴吧，慧馨说。丈夫眼里的喜悦一下子消失不见了。

结婚前,慧馨觉得丈夫老实可靠,为人正直。结婚后,慧馨便觉得丈夫过于木讷,不懂人情世故、权谋术数,只能在单位里做着最基层的工作。自从认识刘鸿后,慧馨经常不自觉拿刘鸿和丈夫比,她觉得刘鸿身上那种为官者的自信和魅力是丈夫这种普通小市民永远都不可能具有的,慧馨开始有些嫌弃丈夫了。

慧馨戴着刘鸿送的翠玉镯子上班,办公室的小姐妹连声惊呼,好漂亮,一看就是上乘货色,一定花了不少银子吧。慧馨听着,心里如同开了无数朵花儿,美滋滋的。

这天,慧馨去省城办事,经过一家玉器店,便走了进去。她要让懂玉的行家看看她的翠玉镯子究竟值多少钱。她对玉器店老板娘说,帮我看看这只翠玉镯子能值多少钱。

慧馨从手中取下翠玉镯子,递给老板娘。老板娘迎着光看了下说,这根本不是玉,玻璃而已。

慧馨连连摇头,怎么可能? 你肯定弄错了。老板娘说,我鉴定玉器从未出过错。

慧馨从手提袋里取出丈夫送的墨玉镯子,那你再帮我看看这只。老板娘拿过来一看,尖叫起来,这是上等的墨玉呀,花了不少工夫才淘来的吧?

慧馨的脸红一阵绿一阵,她有些生气地说,这翠玉镯子色彩亮丽,完美无瑕,你说是玻璃,这墨玉镯子暗淡发黑,瑕疵颇多,你却说是好玉,你的鉴定水平,实在令我不敢恭维。

老板娘一笑,说,那你是真不懂玉,有瑕疵的才是玉,光亮无瑕的是玻璃。

慧馨呆住了,半天说不出话。良久,她拿起墨玉镯子细细地看着,那镯子温润细腻,流淌着细微柔和的光芒,慧馨轻轻把它戴于腕间。墨玉镯子大小刚好,如同为她量手定做一样。

慧馨匆匆走出玉器店。你的玻璃镯子落在这里了,老板娘拿起刘鸿送的手镯在慧馨背后大喊。

玻璃镯子就送给你吧,我不要了,慧馨头也不回地说。

(原载《精短小说》2013 年 6 期,《小说选刊》2013 年 8 期转载)

黑袋子

一个黑袋子放在门前,系扎得严严实实。

下午,林芳一开门,就看到了这一幕。林芳皱皱眉,见四下无人,朝黑袋子猛踢了一脚。黑袋子被踢到了过道中央。

谁这么缺德?把垃圾丢我家门口。想让我帮忙丢垃圾?没门儿!林芳一边下楼一边气呼呼地想。

她所住的五楼共有八户人家,楼道里没有垃圾桶,垃圾需要扔到一楼固定的地方。平时各家大门紧闭,互不往来,究竟是谁乱扔垃圾,林芳也没法立刻下结论。

其实,这种事儿林芳也做过。好几次,林芳嫌太晚,不愿意下楼丢垃圾,就偷偷摸摸将垃圾放在了502门口,第二天她开门一看,那袋垃圾还真不见了。还有一次,她亲眼看见502的老太太将她扔在过道的一袋垃圾丢进了楼下垃圾箱。

后来,502的老太太回乡下老家去了,林芳就再没有那么幸运了。

有天晚上,林芳懒病又犯了,她偷偷把一包垃圾放在了505门口。没多久,505的女主人发现了,扯着嗓子骂了一个晚上:哪个家伙这么懒,把垃圾丢我家门口,我诅咒你上街被车撞死,吃饭被饭噎死,喝水被水呛死,睡觉被棉被蒙死……什么难听的话都被她骂尽了。

林芳当时没吭声,一出声不是刚好证明自己就是那个"肇事者"?

从那以后，林芳不敢把垃圾丢别人家门口了，毕竟被人咒骂不是一件好事。但她万万没料到，竟然有人效仿自己，把垃圾丢在了她家门口。林芳十分气愤。

晚上，林芳下班回来，刚走到过道，就看到一男一女站在黑袋子旁指手画脚。

"现在的人素质太低了，垃圾随便丢在过道里，像什么样子呀？"506的女主人愤愤不平地说。

"是呀，去年还有人把垃圾丢我家门口呢！太缺德，太不像话了。"507的男主人一脸义愤填膺的样子。

林芳急忙走过去连声附和："是呀，如果人人都是这种素质，怎么创造和谐社会呀。"

……

三个人发了半天牢骚，才各自回屋。黑袋子依然在原地放着。

第二天早上，林芳一开门，看到小区的保洁员正在打扫过道，便指着黑袋子笑眯眯地说："阿姨，这袋垃圾不知是谁扔的，您帮忙丢一下吧！它严重影响了我们楼道的环境卫生和美观。"

保洁员面无表情地说："我们只负责打扫卫生，不负责帮业主丢垃圾。"

林芳无语，立即拨打了管理处的电话。电话接通，一个甜美的女声飘来："你好！这里是管理处，请问有什么可以为您服务？"

林芳像抓住救命稻草一样，说："A幢5楼的过道上有一袋垃圾，放了一天了，也没有人管，麻烦你们派人赶紧处理一下吧！"

甜美女声立刻变得冷冰冰起来："对不起,这要你们邻里之间协调解决,我们管理处也管不了。"说完,电话"啪"地挂掉了。

中午,林芳下班回来,看到黑袋子依然原封不动放在过道上。炙热的空气里,袋子里飘出一阵阵难闻的恶臭,如同腐烂尸体一样的臭味。林芳不由起恐怖片里腐烂的碎尸,不禁了一口寒气。

晚上,林芳躺在床上翻来覆去睡不着。到底怎么回事?这个可怕的黑袋子里面究竟装着什么?为什么会在我门口?难道有人恶作剧整我?还是谁想报复我?

林芳怀疑楼下 403 住户。上个月,她和 403 住户为争停车位大吵了一架,还闹到了管理处,到现在,两人一见面还是横眉冷对。

林芳又怀疑是楼上 606 住户。上星期,606 住户的音乐声开得很大,打扰了林芳周末的午睡,林芳找上门,606 的住户和她争执不下,几乎大打出手。

林芳又怀疑是 802 住户所为,802 的住户每次看到她都像看到仇人一样。

……

很多人都成为林芳怀疑的目标,她越想越害怕,自己独自居住在此,万一有个三长两短,怎么办?

林芳一夜没有睡着。

第二天,林芳打开门,看到那个黑袋子还在原地放着。袋子里散出来的腐烂味道更加浓烈了,弥漫了整个过道。林芳仿佛看到厉鬼似地捂着鼻子拔腿就跑。

走到楼下,林芳的电话响了,是乡下的老母亲打来的。"闺女,前天隔壁王大妈到城里赶集,我让她给你带了几斤猪肉过去。王大妈到你家的时候，刚好是中午，你不在，就把肉放在了你门口，想着你一回家就能看到。"母亲絮絮叨叨地说着："肉用黑袋子装着，王大妈让我给你打电话说一声，我忘了，刚想起来。闺女，猪肉你吃了吧？"

"啊……"林芳失声尖叫，匆匆跑上楼。

黑袋子还放在原地，林芳提起袋子，打开。袋子里的猪肉已经腐烂发黑，刺鼻的臭味让她差点儿吐出来。

（原载 2013 年 10 月 28 日《羊城晚报》，《小小说选刊》2013 年 24 期转载，《芳草》2014 年 1 期转载，《杂文选刊》2014 年 6 月下半月刊转载，被选为中、高考语文试题）

魂断故乡

叶落归根，人老思乡。刚过花甲之年，老李就特别想念故乡，想念故乡那条美丽的碧水河。晚上做梦，老李梦见自己像儿时一样，光着膀子在碧水河游泳，鱼儿般惬意、快活。

在外打拼几十年，老李着实有些倦了，他想在有生之年返回故乡，在碧水河畔建一幢小楼，面朝大河，春暖花开，然后在家乡种地、养花、喂鱼，颐养天年。

带着美好的憧憬，老李像一只急于归巢的鸟儿，只身飞回了故乡。故乡翻天覆地的变化让老李激动不已，从前坑洼不平的泥巴路变成了宽阔的水泥公路，乡亲们都住上了精致阔气的小洋楼。

老李在兄长老根家稍事休息后便迫不及待要去碧水河看看，他要在碧水河痛痛快快洗个澡，洗去一路上的疲惫和风尘。

这些年，老李在外见过不少世面，但他从未见过碧水河那样清澈美丽的河。碧水河如玉带般镶嵌在村子里，大河两岸，金黄的稻田如金光闪闪的海洋。甘甜的河水养育着祖祖辈辈的村人，村人汲水挑水，洗衣做饭，浇灌田地，都靠这条河。

儿时，一放暑假，老李和伙伴二狗子成天泡在碧水河里，快活得像两条鲜活灵动的鱼儿。河水清凌凌、绿莹莹的，瞧得见河底的沙石和鱼虾，老李和二狗子一会儿打水仗，一会儿钻猛子，凉幽幽的河水滑过每寸肌肤，如冰凉的丝缎包裹全身，令他们浑身凉爽、舒坦，那美妙的感觉老李后来在城里的游泳池再也没找到。渴了，掬一捧河水就喝，河水清洌甘甜，那味道老李一辈子都忘不了，比他后来在城里喝的矿泉水好喝多了。玩累了，他们就在河里捉鱼、摸虾，河里鱼儿肥美，虾蟹成群，用不了多久时间，便能抓住好几条大鱼，用河边的狗尾巴草把鱼串起来，拎回家。娘把鱼清洗干净，和着面粉放在油锅里一炸，就是一道美味可口的佳肴……

老李取出一条毛巾，兴冲冲朝碧水河走去，他要去那里追寻儿时的美好回忆。好久没去碧水河游泳，好久没吃碧水河里的鱼了，想得很呀，老李像欢腾雀跃的孩童。不就一条河吗？看把你稀罕的，老根取笑道。碧水河不是普通的河，她是咱们的母亲河呀，老李认真说。碧水河早不是从前的碧水河了，老根说。

匆匆赶到河边，眼前的景象让老李如同遭人一棒，一下子懵了。碧水河仿佛改头换面了似的，不再是原来的样子。河水漆黑一片，如同墨汁一般，河面飘浮着五花八门、密密麻麻的垃圾，河水里散发出一阵阵令人刺鼻的恶臭。河边，一望无际的田地全部闲置着，长满了茂密的杂草。

碧水河咋变成这样了？老陈又伤心又气愤。一个香港老板在河上游建了锰矿，矿里的废水全排在碧水河里了，老根说。这么多稻田都不种啦？老陈痛心地问。这水灌溉出来的稻谷，有人敢吃吗？老根反问。老李脱了鞋子，欲走进河里，河面成堆的垃圾让他闹心，他要把飘在眼前的垃圾捞出来。老根一把拉住他，别下水，这水有毒，泡不得。前些日子，一个乡亲不小心沾到了河水，全身奇痒，到现在还没好呢。

第二天，老李召集老根一家，郑重地说，我决定了，要去镇里告锰矿，状告他们污染环境，碧水河被他们祸害了，乡亲们的庄稼地也被他们糟蹋了。

　　老李呀，你就别多事了，我们现在吃的水、用的水都是锰矿给我们派放的纯净水，是从城里运过来的，干净着呢，对我们的生活一点儿影响也没有，老根云淡风轻地说。可是，那些庄稼地荒废了多可惜呀，老李说。叔，没啥可惜的，锰矿给我们发了补贴，我们可以买米吃了，不用种地反而轻松了很多，侄儿说。农民不种地还是农民吗？老李问。我们还不想当农民呢，儿媳妇撅着嘴巴道。

　　得知老李要去上面告锰矿，村支书二狗子上门来找老李。我说老哥，你就别做无用功了，告不了的。以前也有村民去告状，上面把他们当刁民抓起来了，上面说建锰矿是为了让农民脱贫致富。你想想看，咱们村以前多穷呀，要是没有锰矿，我们能有今天的日子吗？你别瞎胡闹了，就算我代表全村乡亲求求你了，行吗？

　　这时，外面涌进一大群乡亲，他们纷纷拥向老李。老李，别去告了，现在这样挺好的，不用种地还有钱拿。是呀，李叔，我们不想种地了，种地太辛苦了。一条河污染了就污染了，有啥大不了的……人们七嘴八舌地说。

　　老李没说话，他默默走出人群，独自走到碧水河边，望着黑压压的河水，忍不住老泪纵横。

　　第二天一早，老李便要回城。老根说，好不容易回趟家，怎么只住一天就走呀？叔，你不是说要在家里养老吗？侄儿好奇地问。庄稼地种不了了，母亲河毁了，这里已经不是我的家了，老李喃喃说着，发出两声沉重的叹息。

　　老李回城了，再也没回来。

　　（原载《百花园》2014 年 12 期，入选《环保中国．自然生态美文馆》丛书）

冷淡的发小

　　张风和夏雨、陈阳、刘亮四人是发小。儿时，四人住在同一条街上，一起逃课，一起上树摸鸟窝，一起下河捉鱼虾，一起被老师罚站，还一起捉弄过女孩子。那时候，四人以"死党"相称，一次喝醉酒后，四人还信誓旦旦对天发誓：以后有福同享，有难同当。那豪情和气势，宛如古代义薄云天的侠客。

　　后来，随着四人相继求学、成家、生子，虽生活在同一座城市，却鲜少有机会再聚在一起。

　　近年来，张风把自己的公司经营得有声有色，成为当地小有名气的企业家。有了财富和地位的张风十分念旧，常常回忆起儿时的事情，想起三位和他一起玩到大的发小。偶尔，他会盛情邀约夏雨、陈阳、刘亮三人出来聚聚，夏雨、陈阳很热情，总是如约而至，而刘亮时常失约，不是说自己害怕热闹，就是以不会喝酒为借口推托，态度十分冷淡。一来二去，张风再组局聚会，便不再叫刘亮，三人都觉得刘亮矫情、古怪，没有人情味，不念旧情，渐渐和刘亮断了联系。

　　张风和夏雨、陈阳三人越走越近。张风也常常动用自己的能力和关系给两位发小给予帮助和扶持。夏雨的老婆没有工作，张风把她安排在自己的公司做财务。陈阳的五金店生意清淡，张风公司所有的五金材料全找陈阳采购。夏雨和陈阳常对张风说，张风，你这发小没白交，太够哥们义气啦！张风一笑，说，咱们从穿开裆裤就建立起来的革命友谊,还能有假?

　　天有不测风云。受金融风暴的影响,张风的公司一度陷入困境,不仅生意惨淡,还欠下几十万元外债。张风四处寻求帮助,昔日那些称兄道弟的朋友们对他避之不及,这让张风很心寒,他突然想起了夏雨、陈阳两位发小,这段日子,自己忙得焦头烂额,很久不见他们了。张风想约夏雨、陈阳出来聚聚,向他们诉诉苦水,看他们能不能安慰安慰自己,或者帮自己一把,哪怕是借几千块钱给他救救急也好。

　　张风拨通了夏雨的电话。哥们,好久不见了,咱们今晚在老地方聚聚。夏雨在电话里沉默了半晌,难为情地说,不好意思,我这几天很忙,实在是抽不开身,以后再聚吧!张风还想说些什么,夏雨已挂断了电话。

　　张风拨通了陈阳的电话。没等张风开口说话,陈阳急忙说,我最近手头比较紧,不好意思。说完,陈阳便挂断了电话。张风再次拨过去,陈阳的电话已经关机了。

　　张风心里很不是滋味,自己的发小、死党,在自己最困难的时候不仅没有帮自己一把,甚至连句安慰话都没有。那晚,张风借酒浇愁,喝得酩酊大醉,迷迷糊糊之中,张风的电话响了,一接通,一个久违的声音在张风耳边响起:张风,我是刘亮啊,听说你最近遇上困难了,把你的银行卡号发给我,我手头上有几万块钱积蓄,先打给你用。刘亮的语气如从前一样冷淡。张风还想说些什么,刘亮已经挂断了电话。张风的醉意一下子没了,他没想到刘亮会在这个时候找他,更没有想到刘亮会主动要求帮助他,他暗自发誓,为了唯一信任他的刘亮,他一定要重整旗鼓、从头再来。

　　第二天一早,张风的银行卡就收到了刘亮打来的 8 万块钱。

凭着刘亮这 8 万块钱，凭着张风不服输的劲头和肯打拼的作风，半年时间，张风的公司又恢复了正常运转。

这天，关于张风的励志故事在本地电视台播出了，节目着重讲述了他力挽狂澜，让公司起死回生的事迹，节目最后还播放了张风被市政府授予"市优秀企业家"的画面。节目播出不久，夏雨的电话打来了。哥们，很久不见了，咱们聚聚吧！张风一句话也没有说，直接挂断了电话。电话刚落，陈阳的电话打来了。哥们，听说前段时间你公司遇上困难了，你咋不跟我说啊？你太不把我当朋友了吧！陈阳还在滔滔不绝地说着，张风不等他说完，挂断了电话。

张风突然想起了刘亮，他打了一个电话给刘亮。刘亮，谢谢你上次借钱给我，今晚我请你吃饭，咱俩聚聚！刘亮说，算了，我怕热闹，也不会喝酒，你的心意我领了，咱们俩啥也别说，心照不宣。刘亮用一贯冷淡的口气说着。不等刘亮再说些什么，刘亮已经挂断了电话。

张风紧紧握着电话，半天不肯放下来，他久久回味着刘亮那些冷淡的话语，心中倍感温暖。

全民微阅读系列

冷　漠

迈出公司大门,已是夜幕深垂。陈辉看看手表,指针指向了八点十分。

启动车,朝回家的方向飞奔而去。驶离公司不远,到了虹桥路,等红灯间隙,陈辉打开收音机。女主播正用伤感的语气播报一则新闻:今天早上七点,在晨光路,18岁的学生李某在上学途中不慎被一辆货车撞倒,肇事车辆逃逸。尽管有许多市民围观,但没有人对李某进行施救,在路人冷漠的围观中,李某错过了最佳抢救时间,一个年轻鲜活的生命就此陨落。陈辉惋惜地摇摇头,自言自语道:唉,人类呀,越来越冷漠了,可怕啊!

"咚咚咚",有人突然敲击陈辉的车窗。打开车窗,一个骑电动车的中年妇女急切地看着他,说:小伙子,后面不远处有个老太太摔倒了,你快去帮帮忙吧。我本来想送老太太去医院的,可我这个车太小,载不了人啊,事不宜迟,你赶紧去做做好事吧。

好!陈辉二话不说,急忙转弯把车往回开。没行多远,在陈辉公司不远处,昏暗的路灯下,黑压压围着一大群人。老太太真可怜啊!人们指指点点,议论纷纷,语气中无不充满怜悯与同情。这么一大群人,个个都见死不救,什么人呀。陈辉愤愤不平地停下车子,快步朝人群走去。

这年头,救人也有风险呀!人群中突然传来一句话。如同被人敲击一下,陈辉一愣,猛然停下脚步。一件往事突然涌向心头。

两年前，陈辉下班回家，途中发现一个老头躺在地上，双腿流血不止。他不假思索把老头扶起来，送去了医院，还打电话通知了老头的子女。他万万未料到的是，老头的儿子赶到医院，极其无赖地反咬他一口，说是他撞倒老头，要他付医药费。他让老头证明自己的清白。老头低着头，一语不发。他百口莫辩，只好自认倒霉，极不情愿给老头付了 500 多元医药费，才算完事。虽然事情已经过去很久了，陈辉依然无法释怀。

多一事不如少一事吧！陈辉急忙转身，调转车头，往回家的方向开去。

半小时后，陈辉回到所住的碧水湾小区。刚停下车，妻子的电话打来了：妈到你公司给你送晚饭去了，说是怕你饿坏了，呵呵，你妈啊太疼你了，还把你当小孩呢，对了，见到妈没有？

我没见到妈啊，该不会在路上错过了吧，我马上回去找找看。陈辉十分着急，立即开车朝公司驶去。

上星期，陈辉把母亲从乡下接到城里来住。这几天工作太忙，陈辉一直没顾得上带母亲出去转转，他心里充满了愧疚。陈辉很小的时候，父亲就去世了，母亲把他拉扯大不容易。如今陈辉事业有成，他最想做的事情就是回报母亲，让劳累了一辈子的母亲能享几天清福。

车没开多远，陈辉的手机响了，是一个陌生的号码。是陈辉吗？我是交警大队的，你母亲心脏病突发，在虹桥路附近摔倒了，我们接到消息后把你母亲送到医院，很不幸，医生说来晚了十分钟，你的母亲去世了……

陈辉眼前一黑。

（原载 2015 年《土家族文学》冬季号）

看月亮

夜凉如水。君如推开窗户,月色细金碎银般轻洒在身上。举头,一轮圆月悬挂空中,明亮、皎洁、恬静。如烟往事,如月色缭绕心中。她的心事和月色一样浓稠。

木门"吱呀"一响,打断君如驰骋的思绪。雅芝推门进来,一张俏脸没了往日的生动灿烂,密布着乌云,整个人瑟瑟发抖,像霜打的茄子,没精打采。

小祖宗,今天怎么了?中邪了?君如疑惑地走过去。

姑姑,雅芝像个受了极大委屈的孩子,一头钻进君如怀里,眼泪簌簌。我的上司,说请我看月亮,我好害怕,不想去……

不想去就不去啊。君如温柔地拍着雅芝的后背,她一直把侄女雅芝当作亲生女儿对待,宠爱有加。

这年月,海归、博士生都找不到工作,我不想丢了饭碗。雅芝的话里夹杂着身不由己的无奈。

你去了?君如惊讶,拉雅芝坐下。

去了,说什么看月亮,结果一去,他就动手动脚……

这种男人,你应该臭骂他一顿,然后狠狠地给他一耳光。君如气得咬牙切齿。

我没有……我在他手下工作,总不能撕破脸。幸好有人从旁边经过,我借故上洗手间,就跑回来了。

有这样的上司,你太危险了,真该炒了他。或者,警告他一下,再骚扰,你就把他的丑事公开。

不行！雅芝一口拒绝,斩钉截铁。如果他反咬我一口,说我勾引他,那我自身难保……

干脆不要这份工作了,工作没有了还可以再找。女孩子应该保护好自己。

不,现在找份好工作比登天还难,我还不想丢了饭碗。

以后他再骚扰你,你告诉我。我想办法教训他。君如安慰雅芝,把她送去卧室睡觉。

望着窗外的月光,君如又想起了他。在这个物欲横流的社会,他像一朵洁白的云朵,绽放在她记忆的天空里,纯净而美好,每每想起,心里透着幸福与温馨。

那年,君如刚刚进入大学,在接新生的学生会干部中,一眼就看到了他,他穿着一件雪白的 T 恤,一条浅蓝色牛仔裤,朝她清浅一笑,让她不由感到亲切。他们就这样认识了。

中秋节,君如收到他写的纸条:晚上,我请你看月亮。

那晚,他们坐在校园的小花园里,月色照在他们身上,朦胧而诗意。他想牵她的手,颤抖的手刚刚贴近她的手,又触电似地退了回去了。正是这个动作,让她对他的好感又增加了几分。大学四年,他连她的手都没有碰过,他说不能亵渎她,也不能亵渎他自己。

毕业后,家里人不同意他们在一起,说他太老实太纯了,无法在这个复杂的社会立足。他们像很多校园恋人一样,分了手,没有联系,没有见面。君如结了婚,生了子,却经常在有月色明亮的夜晚,想起纯纯的他,想起陪她看月亮的他。

第二天,雅芝回来,告诉君如,说她的上司又发信息请她看月亮。君如说,你别害怕,这件事情我来处理。君如用雅芝的手机给上司回了信息,说接受他的邀请,七点在月亮湖紫云亭见面。

君如找到手机说明书,弄清楚了摄影、录像的操作功能,她的手机摄像头像素很高,她一直没有用过,这次终于可以派上用场了。她准备录下雅芝上司的丑态,录下他骚扰女下属的证据,让他收手。

七点,君如和雅芝准时来到月亮湖,雅芝去了紫云亭,君如躲在亭子一旁的大树丛中。一个男人进入紫云亭,雅芝站起身。请你以后不要再约我了,你是我的上司,这样影响不好。雅芝,你这么保守,怎么升职啊?说着,他要强抱雅芝,雅芝躲向一边。君如用摄影机记录下了这一幕。你依我一次,没人会知道的。领导逼近雅芝。月色很亮,照在男人的脸上,他的脸显得丑陋而狰狞。

君如在树丛后面大喊一声:两位,今晚乌云把月亮都遮住了,没什么好看的,赶紧回家吧。君如的声音吓了男人一跳,他后退一步,快步走出亭子,快步走进月色里,很快不见人影。

君如的心像被人挖去一小块,她不停地朝前狂奔。刚才,她看清了那个男人的脸,那个男人正是当年的他,那个陪她看月亮的他,那个纯纯的他。

姑姑,你怎么了?雅芝在后面追赶。君如一句话也不想说,她只想逃离这片月色。

关　系

　　大学毕业后，嘉雯以优异的成绩通过公务员考试，被分配到镇政府工作。

　　能够挤进政府部门工作，这是许多人梦寐以求的体面事情，倘若以后仕途顺畅，说不定还能谋得一官半职，从此平步青云、飞黄腾达。聪明伶俐的嘉雯自然深谙其中道理。从上班报到的第一天起，嘉雯就以一个新人应有的谦逊姿态出现，她谨言慎行，工作认真负责，充满着干劲和激情。

　　在机关工作，人际关系尤其重要，嘉雯小心翼翼地与领导和同事相处着，唯恐做错一件事让领导抓住把柄，生怕说错一个字惹同事们不悦。初来乍到，嘉雯友好地对待每位同事，视他们为值得尊敬的前辈，即使门卫李老头，嘉雯看到了也会亲热地唤一声"李爷爷好！"。

　　办公室的玉姐喜欢化妆打扮，嘉雯逛街时便多留了几份心思，看到精美饰品，嘉雯总不忘买回来赠予玉姐。王叔酷爱茶道，嘉雯磨破嘴皮子，向父亲讨来珍贵的紫砂壶拿到单位供王叔沏茶专用。不仅如此，眼明手快的嘉雯还时刻留意着茶壶的"动静变化"，一见茶壶里缺水了，便及时续上。嘉雯还经常自掏腰包，买些瓜子、饼干之类的零食分发给单位的帅哥美女们。对于单位的一把手李书记，嘉雯更是不敢怠慢，逢节假日，嘉雯必会提着名烟美酒去书记家"联络感情"，末了还不忘给他小儿子封一个大大的红包。

嘉雯以为真心付出就一定会有回报，但事实并未朝着自己预想的方向发展。玉姐依然将李书记分配给她的工作推给嘉雯，还佯装善意的口吻对嘉雯说，年轻人多做些事情是一种锻炼。王叔也毫不客气，一看到饮水机上的水不多了，就条件反射似地冲嘉雯喊，嘉雯，没水了。还有那群"小馋猫"，天天都不忘记向嘉雯讨要零食，好像嘉雯家是开免费超市似的。就连大家都瞧不起的门卫李老头，对嘉雯也是爱理不理。

最刺激嘉雯的要数李书记了。一天下午，书记给嘉雯安排工作：明天下午我要召开反腐倡廉会议，你今晚加个班，将我和副书记、镇长、副镇长的发言稿全部写出来，明天一早交给我。嘉雯伏案写稿至凌晨三点多，累到眼皮子打架才完成书记交代的重任。第二天，嘉雯将自己认真写好的四份发言稿交给书记，书记看都没看一眼，他漫不经心地说，今天的会议取消了，这些发言稿不用了。书记的话像一瓢冷水，浇得嘉雯透心凉。

嘉雯十分苦恼，以自己的才华和能力，怎么也不应该沦落到这步田地。嘉雯决定改变命运，为自己打一场漂亮的翻身仗。

嘉雯的姨父对占卜算命之术有些研究，嘉雯找姨父指点迷津。听了嘉雯倾诉的烦恼，姨父叹着气说，能力强不如关系硬，这一切都归咎于你没关系、没门道。姨夫一席话让嘉雯如梦初醒，嘉雯向姨父请教解决方法，姨父问嘉雯有没有可以动用的关系，嘉雯冥思苦想了半天，终于想到了自己的大学同学芷晴。

读书时芷晴成绩平平、毫不起眼，但她有一个在市里身居要职的父亲。大学一毕业，芷晴就被分到了嘉雯所在县的县政府工作，任职县长助理。在校园里，嘉雯和芷晴鲜少有交集，但想到自己的前程命运，嘉雯决定赌一把，她把芷晴当成了自己的"救命稻草"。这年头没有关系是孙子,有关系不用就是傻子,嘉雯想。

当晚,嘉雯敲开了芷晴别墅的大门。嘉雯的登门造访令芷晴很诧异,毕竟他们从毕业后就没有任何联系了。芷晴不冷不热地招呼嘉雯坐下。当嘉雯说明来意时,芷晴婉言拒绝了:老同学,这事我实在不方便插手呀。嘉雯从怀里取出准备好的红包,塞进芷晴的口袋,芷晴,你就帮我一次吧。芷晴的脸由阴转晴,好,我试一下。芷晴眉头一皱,计上心来。当芷晴说出自己的妙计时,嘉雯不禁啧啧称赞,拍手叫绝。

第二天,芷晴以视察工作的名义来到嘉雯所在的镇政府,被李书记奉为上宾,受到了隆重接待。芷晴在李书记的陪同下到嘉雯所在的办公室巡视。芷晴看到嘉雯,如同发现新大陆似地尖叫起来,老同学,原来你在这里工作呀。嘉雯连忙起身拥抱芷晴,老同学,好久不见,真是想死我了。芷晴转头对李书记说,嘉雯以前是我们班的大才女呀,也是我的大学死党,你一定要多关照她哟。李书记鸡啄米般连连点头。

不久,嘉雯被李书记任命为办公室主任。从此,玉姐和王叔再不敢吩咐嘉雯做事了,不但如此,两人还包揽了嘉雯份内的工作。那群"小馋猫"们也变得不馋了,他们争相带着零食来讨好嘉雯。就连门卫李老头,看到嘉雯也是点头哈腰,满脸堆笑。

最近,嘉雯的表弟也加入了公务员队伍。表弟向她讨教在机关工作处世的经验,嘉雯意味深长地说,关系,官系也……

(原载 2011 年 12 期《南飞燕》)

清　白

李大海这么清白？她不信。

这几年来，她多方走访，暗自调查，始终没查出李大海一丁点儿违规的"蛛丝马迹"，她有些沮丧。李大海啊李大海，你不可能一清二白，绝不可能。作为一名纪委工作人员，近年来，她参与查处了大批违反行政纪律的案件，目睹众多官员被"双规"身陷囹圄。她经常提醒自己，无论如何，一定要查出李大海的违规事件，哪怕是一两件丑闻也好，那样才不枉费她父亲搭上一条活生生的性命。

十多年前，她父亲任某局一把手，风光得意。李大海时任该局纪检组长。她父亲四十大寿时，某下属送来一幅宋朝名画。这事儿不知怎么被李大海查到了，李大海向纪委举报了她父亲。父亲被革职处分，从此一蹶不振，没几年便郁郁而终，母亲也改嫁他人。她的生活一下子从光明跌入黑暗。幸有好心人相助，才得以完成学业，重获人生曙光。

她没有辜负好心人对她的期望，政法大学毕业后，以优异成绩考入纪委监察局。当然，报考纪检部门，她也存了点儿私心，那就是为父报仇，她要查李大海，你李大海能查"倒"我父亲，我肯定也能查"倒"你。此时的李大海已调至公安局任局长。她想，只要她坚持调查，堂堂一个大局长，总能查出点见不得光的东西出来。

然而事与愿违,她并未查到李大海的任何"污点",就在她大失所望准备放弃时,转机突然出现了。那晚,高中同学十周年聚会,她遇到当年的班长陈辉。交谈中得知,陈辉现在公安局工作,正好是李大海的下属。她喜出望外,急忙向陈辉打探起李大海。

酒过三巡,陈辉的话多了起来。他说,我们局长那老头子像粪坑里的石头,又臭又硬,前年正月,我提着好酒好烟给他拜年,被他毫不客气赶出来,礼品也让他扔出来了,真是糗死我了。他这人不受人待见是出了名的,他儿子都跟他闹翻了,他儿子没正经工作,他一个大局长,随便在局里给安排个工作不是小菜一碟的事儿吗?他就不肯。现在他儿子还在外面打零工呢!你说,这种人是不是顽固不化、世间少有?

李大海就没半点绯闻丑事?她追问。

越高明的人隐藏得越深啊,去年,我表姐看到我们单位的合影,非说见过我们局长。我表姐说在邮局看见他用别的名字给一个女人寄过钱,数额还不小呢!真想不到老头子还有这等桃色事件,怪不得他老婆跟他离婚了呢。

她欣喜若狂。老同学,帮个忙,我正在调查李大海,想找你表姐谈谈。

好,小事一桩,陈辉说。

第二天,她和陈辉的表姐阿芳见了面。说明来意后,她让阿芳把李大海给女人寄钱的来龙去脉仔仔细细讲一遍。

芳姐说,那是十年前的事儿了,当时我还在邮局柜台工作,李大海来寄过几次钱,由于他长得凶悍严肃,寄的钱数额又大,我记得很清楚。他前前后后寄了好几次,总共大概寄了五六万块钱,我当时很不解,因为他是寄给本城的,你说,同在一个城市,干吗还用寄呢?钱是寄给一个女人的,那是个好听的女人名字。

最奇怪的是,他当时填写的姓名并不是"李大海",要不是在阿辉那里看到他的照片,我还不知道他叫李大海呢!

那他当时用什么名字寄的钱?又是寄给谁的呢?她问。

是用"李正"这个名字寄的,寄给东城紫荆路的一个女人,那女人的名字很好听,我记得好像叫白玉雪……

她懵了,脑袋里似有无数只蚊子嗡嗡直叫。东城紫荆路是她的住址,白玉雪是她的名字。当年,父亲去世,母亲改嫁,她的生活陷入困境,这时,她陆续收到好几笔钱,是一个叫"李正"的人寄过来的,寄钱人的地址都写着父亲原来单位的地址,每张汇款单的附言处都写着:好好读书,做一个清白的人。

后来,她去父亲原来的单位打听,都说没有叫李正的人。原来李正就是李大海,帮助他的好心人就是李大海。突如其来的真相让她无法接受。

她想去找李大海,却没有勇气。几天后,他突然接到陈辉的电话。以后,你不用查李大海了,陈辉说。

为什么?

李大海刚刚死了,在追捕一个逃逸贪官时被其同党刺了一刀,当场毙命。你别说,这李大海还真是个奇葩,我们在给他办理后事时,发现他家里简陋得很,他儿子在家里搜遍了,总共就找到一百来块零钱,家里有个存折,也才300多块钱。一个大局长,这么穷,真是少见。唉,说实话,这种当官的死了怪可惜的,陈辉的声音很伤感。

李叔叔!她号啕痛哭,脑子里一直浮现着李大海写给她的话:做一个清白的人,做一个清白的人……

雅

　　雅君人如其名，是个追求优雅的女子，平日里喜欢舞文弄墨、写写画画。在穿衣打扮上，她亦注重高雅，只穿知性简洁的长裙。与人交流，她谈吐优雅，惜字如金，从不说无关紧要的废话。一次，穿细高跟鞋的雅君不小心在办公室摔了一跤，只见她姿势优美地起身，淡定地轻拍身上的灰尘，然后在同事们的注目礼下拎起长裙，迈着雅步款款走远，未见一丝仓皇尴尬。这样的雅君，让男人仰慕、女人羡慕，是个十足的万人迷。常有人向她讨教万人迷秘诀，她淡淡地吐出一个字：雅。

　　这天，雅君优雅地坐在电脑前淘衣服，千挑万选，看得眼睛都花了，才从五彩缤纷的众多衣服中，选中一套颇具民族风的长裙。这时，小米伸着头凑到雅君跟前，哇，雅君姐的眼光真好，挑的裙子真美！雅君心里一阵得意，嘴上却只淡淡地笑了笑。雅君从骨子里是瞧不起小米的。小米来自农村，初中都没毕业，以前在单位里端茶倒水、打扫卫生，领导见她手脚勤快，就把小米调到办公室里来，主要是接电话、发传真，干些打杂跑腿的小事情。小米见谁都是一脸讨好的笑，甭管见着谁都是那几句"您今天好美啊！""您今天好帅啊！"之类的恭维话，一瞥见谁茶壶里的茶水快见底了立马屁颠屁颠地打来开水续上。单位里的每次聚餐，小米服务员似地忙前跑后，又是端茶斟酒，又是盛饭递纸巾，那架势，只差把饭亲自喂到大家嘴里去了。雅君很不喜欢小米，觉得她太过俗气,不屑与她打交道。

　　雅君选中衣服,下了订单,第二天下午便收到了衣服,她把衣服珍藏到箱子里,准备出席单位中秋晚宴时再穿。令她万万没想到的是,没过几天,小米便穿了一条一模一样的裙子过来,那条紧身裙套在粗壮肥胖的小米身上,显得滑稽而难看。雅君又好气又好笑,这死丫头东施效颦,竟然买条跟我一模一样的裙子,更可气的是,她还在我前面穿。雅君最不喜欢的就是和别人撞衫,只好忍痛割爱,把裙子送给了表妹。

　　过了些日子,雅君在网上淘丝巾。她画的线描画在某比赛中获得了二等奖,要出席颁奖典礼,自然要穿得隆重些。她有件吊带晚礼服,缺一条披肩搭配。看了一个下午,她选中了一条香云纱披肩,深蓝色底子,上面有暗红色的花纹,低调中透着华丽。正准备下单,小米突然蹦到雅君身后,吓了雅君一大跳。啊,雅君姐,怪不得大家都说你有品位,你选的这条丝巾好漂亮啊。雅君嘴里哼了一声,没搭理小米。

　　雅君这次学聪明了,一收到披肩,立马披上去上班。刚到单位,前台便说,雅君姐,你这件披肩怎么和小米买的一模一样啊?雅君来到办公室,竟然看到小米披着和她相同的披肩在拖地,雅君气得牙痒痒,当即把披肩取下来,偷偷扔进了垃圾桶。

　　从那以后,雅君一看到小米心里就难受,你小米一个大俗人,有什么资格效仿我?雅君想了一个办法捉弄小米。那天,雅君在网上左挑右选,挑了一件超级难看的黑色连衣裙,裙子很贵,780元,裙胸前还有一行大大的英文字母"I'm a fool"(我是笨蛋),雅君断定,初中没毕业的小米肯定不懂这英文的意思。选中裙子,雅君故意把小米亲热地叫过来,小米,你看,我挑了半天,挑中一条超有个性、超漂亮的裙子,我实在是太满意了,你帮我参考参考，觉得怎么样？小米盯着电脑屏幕看了好一会儿，说，雅君姐，单位上上下下都说你优雅，你觉得漂亮的，一定不会差。是啊，我对自己的眼光相当自信，雅君说。雅君姐，你真觉得这条裙子漂亮？你喜欢这条裙子？小米望着雅君。当然，我非常喜欢！我什么时候选错过衣服？雅君优雅浅笑。小米热切地看了那条裙子一眼，乐滋滋地走开了。雅君并没有下单买连衣裙。

不出雅君所料，小米果然网购了那条裙子。雅君看到快递员将裙子送到小米手里，心里暗自窃喜，小米啊小米，让你花半个月工资买一条丑裙子穿穿看，看你还敢不敢学我。雅君等着小米第二天穿上裙子出洋相。

第二天，雅君一进办公室，便立即搜索小米的身影，让她失望的是小米并没有穿那条连衣裙。雅君刚坐下，小米便拿着裙子走到雅君跟前。小米把裙子小心翼翼捧到雅君跟前，雅君姐，这条裙子是我网购的，我昨天洗干净了，熨烫好了，送给你。小米真诚地看着雅君，雅君姐，你是个优雅又有内涵的女人，你身上有许多我学习的东西，前段时间，我买了你挑选的衣服和披肩，大家都说我比以前好看多了呢！这条裙子送给你，希望以后还能继续学习你的这份优雅。小米真诚地看着雅君，让雅君难以拒绝。

雅君接过小米手里的裙子，总觉得它有千斤重，脚下一个趔趄，摔倒在地。雅君狼狈坐在地上，一动不动，头一次如此不雅。

母亲的杜鹃花

小区花园原本有块小草坪，调皮的孩子们长时间玩耍，草被踩光了，变成一片光秃秃的黄土，像脱了发的大脑袋，难看极了。

那天，素樱从小区花园路过，看到一个老太太正在草坪上忙活，她不停挥舞着手里的锄头，那片硬实板结的黄土被她开垦得蓬松、整洁。

阿姨，您这是要干啥？素樱忍不住好奇。

老太太停下手里的锄头，直起身子，阳光斜照老太太脸上，细密的汗珠从沟沟壑壑的皱纹里慢慢滑落，碎珍珠一般。她抹了一把脸上的汗珠，笑呵呵说，这地荒废了怪可惜的，我准备种上杜鹃。

您喜欢杜鹃？

喜欢啊，我儿子也喜欢。说完，老太太又开始忙活起来。

三天后，素樱路过小区花园，发现荒地已种满杜鹃树，它们沐浴着阳光，悠然舒展着翠绿的枝叶，一派生机盎然的样子，惹得素樱心里一阵阵欢喜。

两个月后，素樱到小区花园散步，草坪上的杜鹃花已经盛开了，红艳艳的花朵，在微风中摇曳摆动，像无数只翩翩起舞的红蝴蝶。老太太提着水壶，在花丛中缓缓穿行，细致地给杜鹃花洒水，她脸上、眼睛里溢满了慈祥爱怜的柔光，仿佛面对的不是花,而是她疼爱的孩子。

老太太浇完水,素樱忍不住上前与她攀谈起来。阿姨,您真是做了件大好事,给小区增添了花香,瞧您种的杜鹃花开得多喜庆啊!

老太太欣慰地笑起来,脸上的皱纹柔波般荡漾开去。我儿子特别喜欢杜鹃,以前啊,家里的阳台上种满了杜鹃。

我从未见过您儿子,我想,您儿子一定特别优秀。

我儿子去很远的地方了,要很久才回来。老太太脸上闪过一丝伤感,很快又被灿烂的笑容取代。

从那后,每次在小区花园碰到老太太,素樱喜欢和她聊会儿天。有时,老太太会让素樱在花园里等着,她回家取一些自制的腌菜和咸鱼送给素樱。素樱喜欢老太太,觉得她像远在乡下的老母亲一样慈祥亲切。

一天,素樱经过小区花园,见一个中年妇女把杜鹃花一把把扯起来,恶狠狠扔在地上,末了,还用力踩上几脚。素樱急忙上前阻止,大姐,你快住手,这杜鹃花是一老太太种的,她老人家种得很辛苦。

中年妇女一口口水吐在地上。呸,我刚听人说她儿子是大贪官,她有啥辛苦的?

素樱大吃一惊,大姐,这样的话可不能乱说。

你真是后知后觉,现在小区都传开了,老太婆的儿子是刘海洋,去年被抓的那个大贪官。

素樱愣住了,刘海洋是本地知名高官,去年被人举报贪污,后来坐了牢,这件事情在本地掀起了不小的波澜,可谓街知巷闻。中年妇女又扬起腿,朝杜鹃花踩了过去。很快,一片杜鹃树倒在地上。贪污犯就是吸血鬼,她老母也不是啥好人,你啊,以后离这样的人远点儿。说着,中年妇女又吐了一口口水。

那天后,素樱再也没去小区花园,她怕见到老太太。有时候,在小区远远看到老太太,素樱会绕道而行,装作没看见。

小区召开业主大会。老太太刚进会议室坐下,坐在她周围的业主便一窝蜂起身离开,仿佛老太太是洪水猛兽,避之不及。素樱和其他人一样,坐得离老太太远远的。

原本安静的会议室,因为老太太的到来,变得闹哄哄的。业主们对着老太太指指点点。快看,那个老太婆就是大贪官的老母。跟这种人住在一起真是晦气。子不教,母之过,贪官就是吸血鬼,他们贪的全是咱们老百姓的血汗钱啊。业主们一开始窃窃私语,后来声音越变越大。一个年轻的小伙子站起身,愤怒地说,我们不要和贪污犯的家人住在一起,以后的业主大会,我们不想看到她。业主们群情激愤,纷纷起哄,对,我们不想看到她,不要看到她!

老太太孤独地坐在位置上,忍受着人们的指点和谩骂,默默无语。物业经理走过去,对老太太说,你赶紧走吧,要不然这会没办法开下去了。

老太太埋头走了出去,瘦小的身影消失在人们的视线里。素樱心里一阵发酸,她想跟出去,但是她没有。

第二天,素樱来到小区花园。一片杜鹃树全部倒在地上,凌乱狼藉,蔫蔫的杜鹃花残落得满地都是,血一般。老太太呆呆站在一旁,疼惜地看着满地杜鹃,如一尊静止的雕像,夕阳照在她身上,透着无尽的苍凉。素樱远远地望着老太太,泪水模糊了双眼,但她始终没有勇气走上前。

以后,素樱再也没有见到老太太,小区的人们雀跃着互相转告好消息:刘海洋的老母搬走了。

素樱忍不住打电话给纪委工作的表哥,问起刘海洋的事。表哥说,你知道刘海洋是谁举报的吗?是她亲妈,真没想到,这世上还有这么狠心的母亲。

挂掉电话,老太太的影子不停在素樱脑中闪现。素樱冲到小区花园,把那些倒掉的杜鹃花一棵棵扶起来,补上土,浇了水。她只有一个愿望,一定要让这些杜鹃花活过来,再次绽放。

全民微阅读系列

老太太摔倒了

　　清晨，马路边。一位老太太走着路，一不留神，"呼"地一声摔倒在地，她痛苦呻吟起来，一脸难受的表情。

　　一个女人经过，看见倒在地上的老太太，加快步子走上前，欲把老太太扶起来。刚走到老太太跟前，女人猛然停下来。女人突然想起一件往事。两年前，女人下班，途中发现一个老头躺在地上，双腿流血不止。她不假思索把老头扶起来，送去了医院，还打电话叫来了老头的子女。令她万万未料到的是，老头的儿子赶到医院，极其无赖地反咬她一口，说是她撞倒老头，要她付医药费。她让老头证明自己的清白，老头低着头，一句话也不说。她百口莫辩，只好极不情愿地给老头付了 500 多元医药费，才算完事了。从那天起，她发誓再也不去做好事了，再也不去扶摔倒的老人了。

　　女人走开了。

　　一个男人经过，看见倒在地上的老太太，立刻走过去，准备把老太太扶起来。没走几步，他突然停下脚步，一年前发生的事像噩梦一样，让他现在想起来都觉得害怕。那天，他散步回来，看到一个女人倒在地上，他赶紧走过去把女人扶起来，还叫了辆的士把女人送回了家。几天后，女人突发心脏病死亡。有网友在网上曝光了他扶女人的照片，引来了网友们一片大骂。网友责骂他没有及时把女人送去医院，才导致女人英年早逝。网友们通过各种手段对他进行了"人肉搜索",查到了他单位和家里的电话,每天都有人打电话来骂他骚扰他。单位领导迫于网上舆论压力,降了他的级,要他写了一份检讨书,并让他在网上发帖对网友道歉。从那时起,他暗自发了毒誓,以后再也不多管闲事了。

男人绕道走开了。

一个老头经过,看到倒在地上的老太太,他蹒跚地走了过来,伸手准备把老太太扶起来。刚伸出手,他突然缩了回去。他想起了一件让他至今仍然耿耿于怀的事情。一个多月前,他在街上扶起一位摔倒的男人。做好事做到底,他喊来了正在上班的儿子,让儿子开车把男人送回了家。在男人家,男人和男人的家人对热心的爷俩态度十分冷淡,一句感谢的话也没有,甚至连一杯水也没有给爷俩倒。回去的路上,儿子没好气地埋怨他:看看,我们学雷锋做好事,连一口水也讨不到,以后呀,咱们再也不要爱心泛滥了。

老头回头走掉了。

一个小女孩经过,看到倒在地上的老太太,她马上走上去,要把老太太扶起来。没走多远,她突然调头了。小女孩想起上个星期的事。那天,妈妈接她放学,看到有个同学跌倒在自己面前,她便准备把同学扶起来,妈妈一把拉住她,厉声呵斥:小孩子,别管闲事,再管小心我揍你。小女孩不敢去把老太太扶起来,她怕妈妈知道后会揍她。

小女孩跑走了。

老太太依然倒在地上,一个人又一个人从她身边走过……

五月五麦子熟

儿女鸟儿般飞去了城市,七旬的刘老头独守着老屋和庄稼地。

儿女们每次打电话回来,都嘱咐刘老头别种地了,说地里刨不出金子,还累人。刘老头不肯,他说,庄稼人不种地能做啥?

刘老头像他的祖辈一样,把所有心血和汗水都浇灌在田地里。在他的精心侍弄下,他地里的蔬果和庄稼长得生机盎然,繁茂昌盛。每次穿梭在庄稼地里,看着长势喜人的庄稼和饱满丰硕的蔬果,刘老头心里头如同泼洒了阳光,暖融融的。刘老头时常安详地坐地绿油油的庄稼地里,嗅着泥土和庄稼的清香,一边抽着旱烟,一边絮絮叨叨地和庄稼、蔬果说话聊天,他觉得浑身上下充满了劲头。乡亲们说,这刘老头,儿女不在身边,他把庄稼当儿女一样疼惜着呢!

一天,刘老头正在地里忙活,一辆豪华轿车开进田间,车上下来一个领导模样的人和一个大腹便便的胖子。胖子望着宽阔无垠的庄稼地,两眼放光,用蹩脚的普通话说,哇,这地好啊!领导连忙附和,李老板,这地绝对好,将来肯定能发财啊。

不久后,刘老头和乡亲们收到了拆迁办的通知,通知说某香港老板要来村里修建工厂,帮乡亲们致富。乡亲们起初不愿意,在拿到满意的拆迁款后,都喜滋滋地搬到了镇上,住进了安置好的楼房里。刘老头不愿意搬,他舍不得住了一辈子的老屋,舍不得刨了一辈子的庄稼地，这里是他的根。儿子打来电话，爹，你就别瞎折腾了，好好的日子不过，想做一辈子泥腿子？刘老头说，做一辈子泥腿子，我乐意。儿子唉声叹气地说，你不为自己考虑，也该为我想想啊，大城市的房价多高啊，再不交房子的首付，我的婚事就黄了，你抱大孙子的愿望也落空了。爹啊，你要是把拆迁款拿到手，就解决了我的燃眉之急，爹啊，你一定要帮帮我啊！爹，我求求你了。儿子在电话里声泪俱下，每句话都像刀子剜着他的心。

刘老头走进庄稼地，麦子刚刚抽出麦穗儿，绿得发亮。他用长满粗茧的双手轻轻抚摸着嫩油油的麦苗，泪水从浑浊的眸子流出来，淌在皱纹横生的脸上。麦子啊麦子，我保不住你们了，老祖宗，我对不起你们啊。

刘老头把拿到的征地补偿款寄给了儿子。儿子在电话里说，爹，你真是我的大恩人啊。刘老头说，我是罪人啊。

没多久，几个巨大的挖土机雄赳赳开进村，它们趾高气扬地伸出巨口，无情地吞噬了刘老头的老屋，吞噬了刘老头的庄稼地，吞噬了刘老头生机勃勃的庄稼。刘老头的心仿佛也被它吞噬、挖空，难受得很。

刘老头搬进县城的高楼里，没了土地和庄稼，他的日子瞬间没有颜色。他常常把锄头拿出来，擦得油光发亮，然后看着它发呆。

有一天，刘老头走到县城边沿，这里有一条江，江边是一片长满杂草的荒地。他惊喜万分，立即跑回家，扛起锄头来到江边。经过他的开垦，荒草没了，露出金黄的土地。刘老头买了小麦种子撒进地里，没过几天，地里冒出了娇嫩的小苗儿。刘老头在地边搭了个小棚子，每天带着干粮在地里忙活，累了就在棚子里眯上一会儿,闲了就陪着麦苗说会儿话。

某天,一个头发花白的老太太走过来。您这麦苗长得真讨人喜欢。老太太说着,走进地里,把刚冒出来的一根杂草拔了起来。庄稼可有灵性啦,你精心待它们,它们就使着劲头长,刘老头笑呵呵地说。

从那后,老太太每天都过来陪刘老头聊聊天,帮他干干活。老太太说,她老伴死了,儿子住在城里,她来城里住几天。刘老头和老太太像老两口一样,日出而作,日落而归,刘老头觉得日子像绿意蓬勃的麦苗,有了色彩和生机。

几天后,老太太来跟刘老头告别,她说,我要回老家了。刘老头心里一阵不舍,问她,你啥时候再来?老太太说,等你的麦子成熟时,我就回来,到时候帮你收割麦子。刘老头说,下次来了就不走了?老太太沧桑的脸上露出少女的羞涩,不走了,和你一起种地。刘老头说,农谚说"五月五,麦子熟",五月初五,我在麦地里等你。

麦子一天比一天高。刘老头每天待在地里,数着手指算着麦子的收期,算着老太太的归期。一天,一个挖土机开到了地里,它狂妄地伸出"血盆大口",企图吞噬刘老头的麦子。刘老头站在麦地中间,痛心地说,别糟蹋我的庄稼,我求求你们了。挖土机司机说,这块地被房地产公司买了,马上要建高档居住小区。刘老头坐在地里不走,两个穿制服的人把刘老头架走了。刘老头眼睁睁地看着绿油油的麦苗被挖土机一口口吞进"嘴"里,他的心再一次被掏空。

五月初五,刘老头一大早来到江边,他要在这里等老太太回来。原来的荒地已变成一大片金碧辉煌的楼房,刘老头往里走,保安把他挡在了外面,你不是业主,不能进去。刘老头说,我进去等人，这里以前是我的地。保安冷冰冰地说，快走，要不然我打 110 了。

刘老头默默走出来，走到江边，他呆呆地望着幽深的江水，在水中央，他似乎看到一片金黄的麦田泛着金光。他喃喃地说，五月五麦子熟，五月五麦子熟，然后脱下布鞋，痴痴地向水中央走去。

三天后，老太太找到江边，只看到刘老头的一双布鞋。老太太怆然泪下，她朝四处望去，是一望无尽的高楼……

（原载《小小说时代》2016 年第 3 期）

寂寞无声

夜色,静谧如水。

老头又一次半夜醒来,打开台灯,床头的挂钟正指向凌晨两点。关灯。在床上翻来覆去好一阵,还是睡不着。年岁大了,他的睡眠越来越少,一到半夜就醒了。

起床,踱步到客厅。偌大的客厅,寂静而空荡,静得可以听得见他的心跳。他真希望时间快点过,快点天亮。他心里默默数着数,在客厅来来回回转了五十几圈,才在沙发上坐下来。依然没有一丝倦意,他只好干瞪着眼睛,望着窗外的夜色发呆。

仿佛几个世纪一样漫长,天空终于露出鱼肚白。他从沙发上起身,给阳台上的花草树木浇水,然后洗脸、刷牙、洗衣服,做这一切的时候,他的动作缓慢而细致。现在,他唯一不缺的就是时间,做任何事情,他都刻意使自己慢些,他觉得这样才能把悠长的时间消磨掉。

梳洗完毕,他提着菜篮子慢慢下楼。在楼下的早餐店,他像往常一样叫了一碗汤粉外加一杯豆浆,慢慢吃起来,几乎是细嚼慢咽。一个老太太在他对面坐下,他常看到老太太来吃早餐,客套地朝她点头,微笑着说:来吃早餐啊?他知道自己是无话找话,但他必须说点什么,每天独自待着,他快变成哑巴了。

老太太警惕地扫视他一眼,端起自己的早餐,坐到了别的桌子上。他一脸尴尬。

吃完早餐,他提着菜篮子,慢悠悠来到菜市场。在菜市场门口,他又见到贩卖土豆的中年男人,他经常买男人的土豆,他觉得只有男人卖的土豆才有老家土豆的味道,让他倍感亲切。老头叫男人给他称五斤。提着土豆,他忍不住问男人:你老家什么地方的?男人奇怪地瞄了他一眼,没说话。老头热切而耐心地望着男人,他多希望男人能张口说出他老家的名字,那样,在这座城市里,他就有老乡了,就有一个说话的人了。男人仿佛没听见似的。

老头一直站在摊前,男人怒了。你还买土豆吗?不买的话就麻烦你走远点,你站在这里,妨碍我做生意了。老头不好再说什么,提着篮子慢慢走开了。

回到家,老头慢慢地洗菜,切菜,做饭。慢慢地吃完午饭,慢慢地收拾好厨房,慢慢来到客厅,打开电视看起来。遥控器翻了个遍,没找到一个好看的节目,他发现,电视里要么是小伙姑娘唱歌跳舞,要么就是一些无厘头的搞笑节目,看着主持人哈哈大笑,他完全搞不懂他们笑什么。他没精打采地看着屏幕,除了电视机里发出的声音,家里是一片寂静。他的思绪飞回以前,那时老伴还在,儿子还小,家里热热闹闹的,整天都有欢声笑语。后来,孩子去读大学,读完大学留在大城市工作了。再后来,老伴去世了。渐渐地,家里变得越来越安静了。

他关掉电视,带上水和饼干,到小区花园走走。刚进花园,便听到一阵孩子的笑声。那笑声牵引着他的心弦,他寻着声音走过去。在小亭子里,两个孩子坐在地上玩石子。他在孩子们身边坐下。小朋友,你们几岁啊?两个孩子扬起笑脸,争先恐后地说,我5岁。我4岁。他在心里算了算,孙子前年回来时3岁,现在也应该5岁了吧!孙子应该长像跟两个小孩子差不多高了。他从口袋里取出两包饼干递给孩子,小朋友,吃饼干吧!孩子们乐呵呵地拿起饼干说,谢谢爷爷!两个孩子雀跃得像两只快乐的小鸟。

一个年轻女人突然跑过来,宝贝们,赶紧回家了。妈妈,爷爷给我们的饼干。两个孩子举着手里的饼干给女人看。女人看了他一眼,紧张地拉起两个孩子的手,快步走出亭子。老头依依不舍地看着孩子们离开。宝贝们,妈妈不是跟你们说过吗?不要跟陌生人说话,不要拿陌生人的东西。女人的声音虽然很小,但老头还是听见了。女人夺走孩子手里的饼干,扔进了垃圾桶。

花园里又安静下来。老头坐在亭子里,一动不动,像一尊孤独苍老的雕像。电话铃声响起,他吓了一跳,是儿子打过来的。爸,你好吗?你在干什么?我啊,好得很!正跟老伙计们聊天、下棋呢!爸,今年我们忙,明年过春节我一定带你孙子回来看你,爸,不跟你说了,我陪领导吃饭去了,再聊!儿子,你忙,别担心我,再见!

一直坐到暮色升起,老头才起身回家。打开家门,无边寂静潮水般朝他袭来,这静,令他窒息。他仿佛置身于一片白茫茫的雪地,四周无人,浑身上下透着彻骨的寒冷。他慢慢躺在床上,虽然盖着厚厚的被子,他依然感觉不到一丝暖意。他缩紧身子,感到一丝困意,从来没有像今天这样想睡觉。他睡着了。

十天后,有人在小区物业管理处投诉老头,说他家里飘着一股难闻的恶臭。物业管理人员敲了半天老头的大门,没人开门。管理处拿来备用钥匙,打开老头的家门,看见老头躺在床上,整个身体已经腐烂了。

阳光从窗子射进来,照在老头的遗体上,寂静,无声。

(原载《红豆》2017 年 6 期)

英雄之死

　　一夜之间，勇子突然成了 A 城的名人。

　　那天黄昏，勇子在江边闲逛，看见一个女人跳江轻生，勇子水性好，跳下水，一下子把女人救了上来。这一幕被周围的人用手机拍下来上传到了网上，在网上引起强烈反响，网友纷纷发帖盛赞勇子救人的义举。第二天，A 城各大报纸、电视台争相报道了勇子跳江救人的事情。一时之间，勇子成了 A 城焦点人物，勇子所到之处，人们竖起大拇指，由衷地称赞他"英雄"。A 城领导发表了专题讲话，要求 A 城人以勇子为榜样，学习他舍己救人的精神。

　　勇子救人事件余热未消，各大媒体趁热打铁，对勇子的过去展开了后续报道。

　　有记者去勇子从前就读的中学采访。校长对记者说，勇子是我们学校的骄傲啊，勇子读书的时候，不仅学习成绩好，还常常给同学们打开水，帮助同学们打扫卫生，因为家庭条件不好，才被迫退学了，那是学校最大的损失啊。勇子看到报道，不禁笑出声来，校长完全是胡编乱造嘛，自己以前在学校是出了名的坏学生，逃课、打架，样样不落下，校长常常在师生大会上点名批评勇子，说勇子是学校的害群之马，后来勇子还被学校开除了。

　　记者到勇子工作过的工厂采访。工厂老板说，勇子以前工作认真，任劳任怨，为工厂争取到了好几笔大订单，可惜工厂太小，勇子能力太强,没能留住这个人才,这是工厂的遗憾啊。勇子看到报道后又笑了,这老板真会忽悠,以前在工厂做业务员时,勇子几个月没拿下一笔订单,老板骂勇子又蠢又笨,还炒了勇子的鱿鱼。

记者去勇子的老家采访。父老乡亲们一个劲儿夸奖勇子,说他小时候就帮乡亲们放牛放羊,还冒着烈日给他们收割庄稼,是个不折不扣的好孩子。勇子看到报道后差点笑晕过去,老实巴交的乡亲们怎么也学会说谎了?勇子小时候就有偷鸡摸狗的坏习惯,不知挨过乡亲们多少揍呢!

勇子暗自窃喜,自己劣迹斑斑的过去被所有人抹去了,还把他塑造成一个完美无缺的形象,这种美妙的感觉,真是倍儿爽!

勇子去吃早餐,老板娘往他面条里多放了几个肉丸,说,大英雄来我们店吃早餐,令我们店蓬荜生辉啊,以后要常来啊。

勇子去学校接小侄子,孩子们把勇子包围起来,说,勇子叔叔,你太棒了,你是大英雄,是我们的偶像。

勇子没学历、没技术,以前一直没有正经工作,如今,一家很有名的大公司破格招收勇子为保安。让勇子更惊喜的事情还在后面。以前,姑娘们嫌弃勇子又丑又穷,懒得正眼瞧他一眼。现在,向勇子献殷勤的姑娘多不胜数,姑娘们对勇子说,你身上有股子英雄气概,特让人着迷!

勇子觉得自己简直是上天的宠儿,举手之劳救了个人,竟然换回这么多幸运的回报。就在勇子沉浸在无尽的喜悦中时,各种意想不到的烦恼也接踵而来了。

那天,勇子值完夜班太辛苦,倒在床上就呼呼大睡,睡得正香,同事们把勇子推醒了。勇子,你刚才睡觉打呼噜,还放了几个屁,你现在是英雄,要注意自己的形象,要是你打呼放屁的事儿传出去，人家不得笑话你？从那以后，勇子睡觉老睡不踏实，生怕自己一不小心打个呼、放个屁。

有次，公司老板请勇子吃饭，还叫上了几个客户。席间，老板把勇子救人的事情向客户们反反复复说了好几遍。客户们说看在勇子这位大英雄的面子上，要给公司增加订单。勇子一时高兴，一碗汤喝得"吧唧"作响，老板偷偷拉了下勇子的衣服，低声对勇子耳语，勇子，喝汤别出声儿，你现在是名人，你的形象代表着公司的形象，要时刻注意啊。勇子停下吃饭，不敢轻易再动筷子。

一天，勇子和新交的女朋友逛街，看到一个穿短裙的长腿美女，不禁偷瞄了几眼。女朋友狠狠拧了下勇子的耳朵，勇子，你现在是有头有脸的人了，怎能随便看女人？有损你的形象啊。勇子赶忙收回目光，目不斜视地往前走。

勇子吃不好、睡不好，就连走路也不敢随意张望。无论他走到哪里，都觉得有人在看着他、监视着他，勇子觉得日子越过越没劲了。

那天黄昏，勇子独自喝了点儿闷酒，在江边闲逛，望着悠悠江水，勇子不禁打了个酒嗝。咦，那不是勇子吗？他竟然酗酒，还打这么响的酒嗝，真丢人啊，还是英雄呢！周围有人议论。勇子觉得浑身发热，心里也堵得慌，他"扑通"一声跳下了水。

第二天，有人在江上发现一具尸体，捞上来一看，竟是勇子。人们惊呆了。勇子是人人敬佩的英雄，水性又好，怎么会死在江里？人们百思不得其解。

（原载《述说者》2015年2期，《小小说选刊》2015年16期转载，入围2015年度小小说排行榜，选入《2015中国年度小小说》一书）

轮 椅

老板,中午约了陈老板在郊区田园农庄谈生意。秘书小姐打来电话提醒他。

知道了,他疲惫地应声。没完没了的应酬,一个接一个饭局,接不完的电话,喝不完的酒,他每天的生活都在浑浑噩噩、忙忙碌碌中度过。

走出公司,他立即驱车去市商学院接茉莉。每次应酬和洽谈生意,他都会带上茉莉,有她在旁协助,他必定胜券在握。前年,他受邀到市商学院演讲,和学生们分享他成功的经验。茉莉是学生会干部,负责接待他。他儒雅博学,风度翩翩,茉莉对他甚为倾慕崇拜,而他,也被茉莉的青春美丽吸引了,背着妻子,他们暗自交往起来。在他的培养训练下,茉莉对喝酒、应酬和洽谈生意很是精通,如鱼得水。一般来说,有茉莉陪客户喝几杯酒,听他们讲些荤段子,再让他们占点儿小便宜,生意便谈成了。事成之后,他都会给茉莉一笔丰厚的钱作为报酬。

茉莉,今晚看你的了,好好表现,少不了你的好处。他一手开车,一手捏了下茉莉水灵的脸蛋儿。放心,不会让你失望的。茉莉的小嘴在他脸上啄了一下。

田园农庄在市郊的一个村子里,周围青山环绕,古树茂绿,环境极为优美。包厢里,一番推杯换盏之后,看着略带醉意的陈老板色迷迷地盯着茉莉,他借故上厕所,溜了出来。

秋日的午后，风轻云淡，他沿着碎石子小径漫无目的朝前走，走进无边的秋色里。

走着走着，走到路的尽头，但见一间农舍静静掩映在绿树繁花丛中。刚喝了酒，他有些微醺，背靠一棵大树坐下来，秋风凉爽如新缎拂面，野花暗香扑鼻，他不知不觉睡着了。也不知睡了多久，迷迷糊糊中，耳畔传来一阵欢声笑语。他揉揉惺忪的睡眼，透过树丛花海的间隙往外看去，看到一对男女正在屋舍前说话。男人坐在一把木轮椅上，女人蹲在他面前。

菊花，你的手真巧，给我做的轮椅坐着真舒服！男人甜蜜地望着女人，眼睛里溢满了柔情。

你啊，太小气了，说给你买把轮椅，你死活不让。女人娇嗔一笑。

一把轮椅要好几千块钱呢，还不如留着咱们闺女读大学呢。

是啊，只要闺女好好读书，将来有个好前途，我就心满意足了。女人说着，站起身后退几步。来，起来走动一下，走到我这里来。

男人吃力地从轮椅上站起来，缓慢地向前挪着步子，每走一步都颤颤巍巍、摇摇摆摆的，豆大的汗珠从他的额头上渗出来。

加油，走过来。女人温柔地注视着男人，给了他一个鼓励的眼神。

男人慢慢地、慢慢地朝女人走去，短短几步路，男人走了很长一段时间，快走到女人跟前时，男人突然一个趔趄向前倒下，女人伸出双臂抱住了他。

两个人紧紧抱在一起。

你终于走过来了……一切都会好起来的。女人很激动，喜极而泣。

希望我的腿快快好起来，这样，你就不会这么辛苦了。男人爱怜地抚摸着女人的脸庞。

不辛苦,只有咱们一家人在一起开开心心的,我就觉得幸福了。女人脸上荡漾起一抹红晕。

躲在树后的他心里一震,"只有咱们一家人在一起开开心心的,我就觉得幸福了!"这句话多么熟悉,他的妻子说过。他突然想起自己已经很久没回家,很久没陪老婆孩子一起吃饭了。

他悄然盯着那对男女,金黄的落叶在他们身旁纷纷起舞,阳光淡淡照射在他们身上,给他们镀上了一层金粉,恬静无比,一切就像一幅美丽的油画。他心里泛起一阵感动和羡慕,他自己也觉得奇怪,身价不菲的他竟然会羡慕一对平凡的农村夫妇。凉爽的秋风吹在他的脸庞上,他如梦初醒,抬头望望天空,白云舒卷,蓝天如洗,一片澄明纯静,宛如他此刻的内心。

不忍心惊扰这对男女,他悄然起身,原路返回农庄。陈老板已经离开了,茉莉满脸兴奋地丢给他一份合同。这单生意谈好了,合同也签了。茉莉兴奋无比。

他丝毫没有以往的激动。他从公文包里取出一张卡丢给茉莉。茉莉,这张银行卡给你,卡上的钱足够你读书和生活了。他停顿一下,真诚地看着茉莉。茉莉,今后好好读书,咱们不能再继续下去了。

茉莉满是疑问不解。怎么了?是我做错什么了?

不,错的是我。说完,他朝外走去。

你去哪里?茉莉喊。

我回家去。他没有回头。

第二天,村子里。男人和女人打开房门,看到一把崭新的轮椅在阳光下闪耀着明晃晃的光。他们四处张望,周围空无一人……

最美乡村教师

作为一名资深记者，我时刻都在寻找有价值的新闻线索。

当我在报社无意翻到一张泛黄的旧报纸时，如同突然捡到了金元宝，内心充满了窃喜。这是一张 20 年前的报纸，头版头条报道了一个让所有人为之动容的故事。一位正值青春年华的名牌大学毕业生，来到乡村小学执教，并下嫁给当地农民。她的故事经过报纸、电视铺天盖地地报道，在社会上引起了强烈的轰动和反响，人们怀着深深的感动和敬意，给她冠上了"最美乡村教师"的称号。记得那时，我正在市里念小学，我们学校开了几次师生大会，专程学习女教师的光荣事迹和崇高精神。

女教师的事情经过发酵，持续火热了好几年。后来，随着时间的推移，人们渐渐淡化了对她的关注。要不是我看到旧报纸，我可能也记不起她了。

重温 20 年前的报道，我迫切想知道女教师后来的生活状况，这肯定也是很多人想知道的。我想，这 20 年来，她一定像媒体期望的一样，像人们预想的一样，在乡村小学尽情挥洒着青春和激情，过着虽然简单却幸福的日子。我有强烈的预感，如果我把她现在的生活报道出来，必将再次引起强烈反响。

按着报道上的地址，转了几次车，走了十几里的山路，一路打听，终于在黄昏时分来到女教师家里。她的家是一个低矮简易的平房,房间里的摆设也极为简朴,与我预想的一样。女教师却与我想象的完全不一样,20年前在报纸和电视上看到的她年轻美丽,充满朝气,经过岁月的洗礼,她苍老了不少,甚至比同龄人还要老很多,这让我有点意外。

张老师,我是报社的记者,20年前,您的故事感动了无数人,今天我想采访一下您,想跟您聊聊,听一听您的心声,请您讲一讲您这20年的生活。我直接说明了来意。

聊天?听我讲故事?她的脸上写满了惊讶。以前来采访我的那些记者,从没和我聊过天,他们来这里走一走,看一看,就写出了一篇又一篇吸引眼球、感人至深的故事,就像小学生"看图写作文"一样。要听我聊天的,你是第一个。

我尴尬一笑,开始了采访。在您热爱的乡村里,与您的学生和爱人在一起,我想,这20多年来您一定过得幸福而充实吧?

其实,我很无奈,很伤感,你相信吗?她朝我一笑。

想不到您还是一个喜欢开玩笑的人,这在以前的报道中可是从未提及的。我不禁笑起来。

我就知道你不会相信。她依然笑着,笑容夹杂着一丝无法掩饰的伤感。

大学毕业那年,有关系有背景的同学,都留在了城里,没关系没背景的同学,想尽一切办法留在城里。哪个女孩不想留在繁华的都市,有份体面的工作,再嫁一个自己爱的男人,过精彩的生活?我也一样。可是,我一无所有,为了供我念书,我的家庭一贫如洗。我找工作找了半年,四处碰壁,那时,我身上只剩下60多块钱,想着父母对我的期望,想着家里还在读书的妹妹,我的眼泪几乎流光。就在那个时候,我在报纸上看到了乡村招聘教师的信息，我如同抓到了救命稻草。我想，我先在乡村干上几年，等以后有机会，或者我做出成绩的时候再调到城里去。所以，我来到这里。

到这里后我才发现，一切都没有朝着我预料的方向发展。那时，这里比现在还要落后很多倍，没有交通工具，没有通讯设备，几乎与世隔绝。我一个年纪轻轻的姑娘，每天除了十几个学生，就是与大山、大树和野花为伴，连个说话的人都没有，寂寞和孤独像潮水一样吞噬着我的青春，我每天晚上都偷偷哭。

这时，我现在的丈夫出现了，他给我做早餐，走一天一夜的山路到镇上给我购买日用品，帮我驱赶宿舍里的老鼠，到山上采野果给我吃，陪我说话。在村里人眼里，我们成了一对。可我不甘心，我不爱他，我只是感激他，只是需要他对我的帮助，我看不上他，我觉得我和他是两个世界里的人，可是，在那些难挨的日子里，只有他出现在我的世界里。我只好嫁给了他。那种感觉，就像你很饥饿时，日思夜想的美食却遥不可及，只好勉强拿起手中的大饼充饥，你知道那种滋味有多苦涩吗？

我依然不甘心，我像一只小鸟，时刻想飞出这里，可是，我怎么努力也飞不高，更飞不出这里。

后来，有记者知道了我，写出了很多感人的故事出来，很多人来看我，用很美丽的词汇来夸奖我，我没有办法辩解，也没有人听我辩解。我妥协了，屈服了，我按照人们的愿意，成了大家心中最美的乡村教师。我知道，我再也走不出这里了。说完，她深深叹了一口气，眼泪在眼眶里打转。

知道我为什么要告诉你这些吗？

为什么？我反问。

因为我知道你不可能把我这些话写出来。一个美丽的表象，谁忍心把它撕碎？

是的，如同她断定的一样，我没有把这次采访报道出来，也没有把她的话写出来，就像没有进行这次采访一样。而她，依旧还是人们心中的"最美乡村教师"。

（原载 2016 年《小小说时代》增刊，入选《活字纪 2016 年佳作》一书）

心花朵朵

手 机

单位聚餐。菜全部上齐，大家迟迟不动筷子，纷纷掏出手机，对着菜一阵猛拍，然后发微博、发微信，忙得不亦乐乎。老陈傻呆呆坐在一旁，看着大家忙活，也从胸前的口袋里掏出手机，放在手心里，静静凝视。那是一部旧式手机，黑白屏幕，按键褪了色，机身脱了漆。老陈看了一会儿，用手指温柔抚摩着它，宛如抚摩一件珍宝。

老陈，你真是太抠了，你这老古董手机都用了十几年了，还舍不得换？陈叔，您这手机又不能拍照，又不能上网，您老人家却当个宝贝。大家齐刷刷"炮轰"老陈，老陈笑而不语。大家都觉得老陈是个怪人，他的工资也不算低，业余时间，他是个摄影发烧友，他可以节省几个月工资买个单反相机，却舍不得换个像样的手机。陈叔，我有个朋友在手机店工作，最近他们店有优惠活动，要不要我帮你买部新手机啊？老陈呵呵一笑，不用了，这手机我用了十几年了，用出感情出来了，舍不得换，再说，手机嘛，只要能发信息，能打电话就行了，功能越多越害人啊。老陈一席话，说得大家哄堂大笑。

老陈说得一点儿不假，这些年，他身边因为手机出事儿的人真不少。

老陈同学的女儿，追求时尚新潮，换手机像换衣服一样。有段时间，她买了一部最新款的高档手机，整天机不离手，走到哪儿都在玩手机。一次小姑娘早上上班,边走路边玩手机,一个骑摩托车的飞车党"嗖"地蹿到她身边,抢走了她的手机,小姑娘被推倒在地,吓得半死不说,脸还在地上蹭了一大块疤,至今未消。小姑娘毁了容,男朋友立马要和她分手。你以前不是说不在乎我的样貌吗?小姑娘泪水涟涟地问男朋友。那只是说说而已,男人说的话你也能信?男朋友一句话说得小姑娘无言以对。

单位的小李,也是因为手机出事的。小李本是单位引进的高层次人才,工作能力强,前途无量,大家一致认为他是下任局长的不二人选。一次,小李的女朋友从他手机里看到几条暧昧短信,是局长秘书阿慧发来的。小李的女朋友一怒之下跑到单位大闹一场,小李被降了职,还在例会上被局长以作风问题狠狠批了一顿,为这事儿,小李时常被大家取笑,至今在单位抬不起头。

单位的前任局长刘局,也因为手机栽了大跟头。某天,刘局和一众朋友在某高档酒店喝酒喝高了,手机落在酒店,被酒店一服务员发现了,刘局手机里和情人的亲密照在各大网站疯狂转发,点击率上百万。很快,刘局被"双规"了。

老陈的小姨子,还因为手机离婚了。小姨子和妹夫结婚二十多年,一直过得平平静静,相安无事。一次妹夫从香港出差回来,给小姨子带回一部港版精美手机,小姨子感动了好一阵子。几年后的一天,小姨子发现闺蜜慧兰也有同样一款手机,心中起疑,回去翻箱倒柜,在抽屉里翻到了妹夫购买手机的发票,发票上显示的是购买了两部手机,小姨子气愤不已,逼问妹夫,妹夫这才承认和慧兰十几年的"地下情"。小姨子万念俱灰,把手机扔进河里,和妹夫离了婚。

老陈,你是不是怕换部好手机也会出事儿啊?老陈,你老婆都去世十几年了,你还怕啥啊?同事们坏笑着看着老陈,把老陈闹了个大红脸。

夜深人静。老陈在妻子的遗像前烧了几炷香,然后搬把椅子在遗像前坐下来,掏出手机。手机里只有一条信息,是妻子生前发给他的:老头子,跟你过了一辈子,我无怨也无悔,现在,我快要走了,我要像年轻人那样浪漫一次,我要对你说一句话,老头子,我爱你。老陈和妻子结婚三十多年,一直恩恩爱爱。老陈是一名警察,工作忙,妻子从没有一句怨言。妻子离开时,老陈还在外面执行任务,没能见妻子最后一面。那条信息是妻子临终前发给他的,这是她发给他的第一条信息,也是最后一条信息。这条信息,存放在老陈手机里十几年了,他一直不舍得删。

老陈温柔地抚摩着手机上的信息,对妻子的遗像说,老婆子,我一直带着这部手机,就是因为这手机上有你发给我的这条信息。说完,老陈已是热泪盈眶。

(原载 2016 年 2 月 28 日《惠州日报》)

争 气

梅兰是个勤劳本分的女人，每天起早贪黑，家里和地里两点一线，她并不觉得苦。她常说，做人要争气，别人能做好的事，我要做得更好。多年省吃俭用、辛勤耕耘，她存下了一笔钱，她和男人春生计划再存两年，就建新房子，他们想建一个带院子的二层小洋楼。只要想到将来能住上二层小洋楼，她做梦都会笑出声来。

这天，梅兰从地里干活回来，经过巧菊家，看到巧菊家的旧房子拆除了，十几个建筑工人正在扎钢筋、砌砖，一派热火朝天的景象。梅兰上前一打听，才知道巧菊家正在建新房。梅兰心里好一阵羡慕，巧菊真能干，去城里打工两年多，就建上新房了，自己也得争气，争取早日住上小洋楼。

两个多月后，巧菊家的新房竣工了，三层小洋楼，还带一个宽敞的大院子。每次经过巧菊家，梅兰心里都会想，巧菊住上这么洋气的小洋楼，咱家也不能落后。从此，梅兰干活更卖力了，她想早日住上小洋楼。

夏天，梅兰家的红辣椒丰收了，自家吃不完，就决定去城里的菜市场卖些钱。大清早，梅兰背着一背篓红辣椒往城里赶，为了节省车钱，她连车也舍不得坐，走了两个多小时，累得满头大汗，才赶到城里。等到辣椒全部卖完时，已经是傍晚时分了，梅兰急忙抄小路往家里赶。

经过一条昏暗的小巷,梅兰不经意往对面看了看,突然看到一个熟悉的身影,竟是巧菊。巧菊衣着暴露地站在一间发廊门口,发廊在夜色里闪烁着粉红色的光。梅兰怕被巧菊看到,急忙躲在一棵树背后。她偏着头,看到巧菊亲热地拉着一个路过的男人,进了发廊。

呸!梅兰一口唾沫吐在地上。怪不得巧菊挣钱那么快呢,原来干的不是正经活,巧菊太不要脸了!

晚上,梅兰来到巧菊家,对巧菊的男人柱子说,柱子,我今天去城里卖菜,看到你家媳妇了。哦,那有什么稀奇,在城里碰到熟人不是常有的事情吗?柱子的眼睛依然盯着电视屏幕。柱子,你可得当心了,你媳妇在城里干得不是正经活,梅兰小声说。柱子急忙回过头,梅兰,我媳妇在城里做什么,我一清二楚,用得着你嚼舌根吗?你是不是眼红咱家巧菊比你能干啊?梅兰说,柱子,我说得都是实话啊,你别不信,我亲眼看见巧菊拉着一个男人进了一间发廊。柱子气急败坏地站起身,朝梅兰一吼,梅兰,我家的事你少管,你再多事,小心我抽你。梅兰气得差点吐血,灰溜溜回家了。

梅兰回家后,对春生说,柱子太没血性了,戴了一顶大大的绿帽子,他不但不生气,还护着媳妇。春生没好气地说,人家媳妇把钱挣回来给他用,他天天吃香的喝辣的,高兴还来不及呢!梅兰气得脸红脖子粗,却一句话也说不出来。

第二天,梅兰在地里碰到牛嫂,悄悄对牛嫂说,牛嫂,巧菊在城里干的不是正经活,她在发廊里做那个。牛嫂见怪不怪地一笑,你管人家做什么,人家能挣到钱是人家的本事,有句话不是说,管它黑猫白猫,只要能抓住老鼠就是好猫吗?梅兰无言以对。

晚上,梅兰到村里小卖部买东西,看到翠花,小声说,翠花,你知道巧菊为啥能挣那么多钱？她啊，在城里做见不得人的事情呢！翠花云淡风轻地说，有啥大惊小怪的，村里那么多女人，谁比得上巧菊？我说啊，人家这叫会持家、能挣钱。翠花一席话呛得梅兰说不出话来。

中秋节，巧菊回来了。巧菊穿得光鲜亮丽，脖子上戴着金光闪闪的项链，提着大包小包，逢人便说，我买了好吃的回来，到我家来玩啊。村里的大大小小都往巧菊家涌，梅兰也跟着跑去看热闹。巧菊春风满面地地给大家派发瓜子、花生，大家连连称赞巧菊：巧菊，你真能干！巧菊，你真是大方！柱子，你真有福气，能娶上巧菊这么好的媳妇。柱子连声附和，那是那是，这是我几辈子修来的福气啊！

从那以后，梅兰干活总是无精打采的。她心想，我长得比巧菊好看，好歹是个初中生，巧菊小学都没毕业，我哪点比不上她？凭什么大伙都夸她？我要争气，她能干，我得比她更能干，她能挣到钱，我要挣更多的钱。

周末，梅兰的表弟阿锋从城里来她家玩，表弟开着小车，一身名牌，他告诉梅兰，他炒股半年就赚了10多万，梅兰一听，有了兴趣，急忙说，炒股真能赚钱吗？能帮我炒吗？表弟自信地说，当然可以，我炒股从来没有输过。梅兰急忙取出家里的8万块存款，又向娘家借了2万块，凑齐10万交给阿锋。

没多久，阿锋打电话告诉梅兰，说她的钱刚投入股市就赚了2万块，梅兰高兴地差点跳起来，她盘算着再赚两万块就可以建房了。就在梅兰沉浸在惊喜中时，突然收到消息，股市暴跌，表弟的钱全部蒸发了，梅兰的钱也全部赔光了，表弟受不了打击，跳楼自杀了。

梅兰所有的美梦都破灭了，她吃不下饭，睡不着觉，每天以泪洗面。没多久,梅兰疯了,她每天坐在巧菊的小洋楼门口,目光呆滞地盯着楼房,嘴里不断念叨着:争气,我要争气,我要争气……

重　生

　　他左眼天生患有眼疾，红肿，变形，看人时，如同瞪着一只死鱼眼，奇丑无比，寻医问药多年，均不见起效，后来他干脆放弃了治疗。孩童们一见他，像看到分外恐怖的怪物，吓得大惊失色；大人看到他，满是轻蔑的神情和嘲讽的笑意。五十多年里，他郁郁寡欢，孑然一身，看尽人间的世态炎凉和凄苦。

　　春节，他去村小卖部买酒，他欲独自喝几杯，再穷再苦，春节还得过啊！

　　村口，一群孩子在戏弄乞丐。乞丐前段时间流落到村里，没人知道乞丐从哪里来，也不知道乞丐是什么人。前几天，在村子的老槐树下，他见过乞丐。当时，乞丐死死盯着他的眼睛看，让他很难为情，也有些恼火。

　　孩子们捡起地上的小石子，雨点般朝乞丐身上扔，乞丐追着孩子们四处乱跑。看到他经过，孩子们吓得惊慌失色，尖叫连连，瞬间跑得没影了。乞丐好奇地望着他，盯着他的左眼，如同审视一个好奇的西洋镜。忽然，乞丐咧嘴笑起来，还笑出了声儿。那笑声，令他觉得难受、刺耳，他极力压抑忍受着。

　　乞丐并未罢休，依旧冲着他的眼睛笑。那笑容彻底激怒了他，连讨饭的乞丐都瞧不起他，还要嘲笑他，他心里憋着满满一股子气，脸胀成了酱红色。这时，乞丐从怀里掏出一个脏兮兮的破袋子往他身上丢来。袋子像一摊鼻涕粘在他衣服上，臭气熏天,令他几乎作呕,他厌恶地将袋子丢在地上。乞丐笑着捡起袋子又丢到他身上,像故意捉弄小孩似的。他气得要吐血了,脑子嗡嗡作响,大步冲到乞丐面前,一把将乞丐推倒在地。他本想教训乞丐一下,怎料乞丐倒地后竟闭上双眼,一动不动。他推推乞丐的身子,乞丐依旧纹丝不动,仿佛深睡了似的。他把手放到乞丐鼻子跟前探探鼻息,吓了一跳,乞丐竟然没了呼吸。他的心一紧,害怕地跳起来,怎么会这样?自己失手杀人了?他看看周围,幸好没人看见。他像惊慌的小鹿,飞奔着跑回家。

回家后,他的心一直紧绷着,深深的不安和恐惧包围着他,他害怕警察找上门,害怕坐一辈子牢。他取出家里所有的积蓄,揣在身上,带了些干粮,逃了出来。

他顺着小路拼命往前跑,累了就走一会儿,也不知过了几天几夜,他在一座大山前停下来。他又累又困,再也走不动了。这时,他听到山间传来一阵婴儿的啼哭声,哭声响亮清脆,响彻宁静的山野,不知为什么,他的心突然平静了许多。

哭声仿佛带着一种神奇的魔力,牵引着他向山上走去。

半山腰,山洞门口,一个婴儿躺在襁褓中。他把婴儿抱起来,是一个漂亮女孩,她用一双明亮纯净的眸子深深瞅着他,末了,她还朝他笑了下,那笑容天真无邪,他感到前所未有的温暖,心里荡漾着慈爱的涟漪。

他带着弃婴在山洞住下,在周围开垦了田地,从山下买了蔬菜和庄稼种子种上。他给女婴取了一个好听的名字叫"山果",希望她像山里的野果一样茁壮成长。在他的精心养育呵护下,山果慢慢长大了,每天跟在他屁股后面,"爸爸爸爸"亲热地叫唤着,他感到无限的幸福和快乐。

那天,他带着山果下山到镇上赶集。经过一所学校时,看到一群戴着红领巾、背着书包的孩子欢快地走进学校。山果眼睛涌上无尽的羡慕,爸爸,他们去干什么?他们去学校念书呢!爸爸,我也想念书。他怜爱地望着山果,山果快六岁了,也该上学了,山果是个聪明懂事的孩子,将来一定会有出息的。

第二天,他下山来到学校,找到学校的领导,希望他们能接收山果。无论他如何苦苦哀求,学校都不肯收山果,因为他和山果都没有当地的户口。那晚,他一夜没睡,他发誓一定要让山果上学读书,让她有正常的人生,不能像他一样失败,为此,他愿意付出一切代价。他决定带山果回家乡,唯有回家,山果才能上户口,才能入学。

他带着山果,经过四五天的长途跋涉,回到了家乡。他第一时间去了公安局自首,他对警察讲述了他杀死乞丐的经过,他流着泪说,求求你们帮帮山果,我可以坐牢,可以死,只要山果可以读书,只要她可以快乐长大就行。警察说,其实,乞丐并不是你杀的,他死后,法医对尸体进行了检验,他是突发心脏病猝死的。警察说,我们通过调查,乞丐是省城有名的眼科医生,家道中落,沦为了乞丐,精神也出了一点问题,他死时,手里唯一的遗物是一个袋子,袋子里装着一本治疗眼疾的医书,我们推测,他当时是想把这本书交给你,书里有治疗眼疾的秘方。他泪流满面。

他给山果办理了收养手续,上了户口,山果顺利上学了。

警察把乞丐的医书交给了他。他按照书里的方子,竟然治好了眼疾。他从公安局带回乞丐的骨灰,埋在了自己家后面,立上了墓碑,在墓碑上刻上"恩人"二字。他把那天定为他的生日,他说那天是他重生的日子

他把乞丐的医书留给了山果。在他的期盼下,山果从某医

学院眼科专业毕业，在当地开了第一家眼科诊所。而他，再也没有离开过自己的家，他守着乞丐的坟墓，度过了余生。

后　记

　　我有位作家朋友曾说:文字从孤独安静中来。此话我颇为赞同,至少适用于我。现实生活中,我是一个安静的人,我不爱说话,我更喜欢把心中的语言变成一串串美丽的方块字。用文字书写自己的内心所想,用文字记录自己的喜怒哀乐,用文字赞美我喜欢的真善美,用文字鞭打我厌恶的假恶丑,用文字去编织那些感人的故事,用文字去构造心中理想的纯美世界。

　　自小喜好文学,从1996年发表第一篇小文章至今整整20余年了。念书、工作、成家,日子流逝如水,生活忙忙碌碌,放弃了许多兴趣爱好,唯独写作一直坚持着,就因为这份简单纯粹的喜欢。在我心中,做自己钟情的事,写自己喜欢的文字是极其幸福美好的一件事。最惬意的时光莫过于晚上,收拾完家务,沐浴完毕,坐在电脑前,打开抒情柔缓的音乐,"噼里啪啦"地敲打自己的文字,像一个虔诚的农夫,心无旁骛地把种子撒进泥土里。醉心于写作,让我无暇顾及外界的五光十色、光怪陆离,而一心和文字做着最亲密的交流,内心如古井般幽静平和。或许,有些人觉得这种生活过于单调乏味,但我很知足,有我爱的家人相伴,有挚爱的文学相随,岁月静好,此生足矣。这就是我理想中的完美生活。

　　一直认为,作为写作者,一定要描绘真实的生活,书写底层的小人物,这样的作品才接地气,才能引起读者的共鸣。每个小人物,都有自己的一个小世界,都有各自不同的命运,他们真实而生动地存在我们身边,在平凡的生活中演绎着喜怒哀乐、悲欢离合,鲜活,真实。著名作家雷达曾说过:"现在的文学最缺少的是对现实生存的精神超越。"写作者,理应怀揣着一颗悲悯之心,用敏锐的目光去关注底层老百姓的生存境况,展示他们的正能量,对一些不良现象进行批判和反思,为小人物的生存状态而呐喊,道出他们的无奈、艰辛与疼痛,写出贴近生活、贴近现实的文章。

常常在路上行走时,我总爱静静观察来来往往的路人,猜测他们的生活现状和心理活动,想象他们从那里来,到哪里去。闲暇时,我会坐下来,耐心听周围的人讲述各类有趣的故事。我本是普通老百姓,我熟悉他们,喜欢写他们,喜欢聆听他们的故事,愿意为他们鼓与呼。生活是创作的源泉,文学源于生活,却又高于生活。照办生活中的故事,写出来的文字必然是枯燥无味,毫无新意。听到、看到的这些人或事,常常不断在我的脑海里盘旋,闪现,让我常常充满了创作的冲动与激情,经过反复地酝酿、构思、想象,这些人或事最终变成我笔下的文字,变成一篇篇小小说。

本书共收集我近年来创作、发表的56篇小小说,写了保姆、农民工、医生、服务员、司机、空巢老人、流浪画家、民间艺人等市井小人物,他们都是这个时代的缩影,他们构成尘世间芸芸众生相。他们有着生活的艰难与无助,也有着各种不为人知的窘迫、无奈、困扰与快乐,他们都有生活的支点,被生活的鞭子抽着、旋转着,展现出五彩斑斓的图景。他们处于生活的漩涡中,在人性和理性中纠结挣扎,却始终没有放弃他们对于善良人性、美好生活和温暖人生的追寻。他们如一只只小小的、默默无闻的鸟儿,每天穿梭在一望无垠的尘世森林里,经历着风吹雨打,品尝着酸甜苦辣,饱受着人情冷暖,他们是尘世里最不起眼的人群,没多少人留意他们,他们也未曾在尘世森林里留下什么痕迹。而渺小的我,唯一能做的是记录他们。出这本书不为炫耀,不为攀比,只为讲述平凡人的经历和故事,也给自己近年的写作做一个总结和交代。由于本人才疏学浅、文笔稚拙,书中难免有诸多漏洞和不足之处,恳望各位看官多多包涵,不吝指正。

生命不息,生活不止。所有的文字,都是心田里绽放的花朵,无论美丽与否,皆是心底深处最真实的声音。感谢生活,让我有许多的内容可写,让我有书写的冲动;感谢文学,让我永远保持着宁静的姿态,淡然如菊。其实,我们每个人何尝不是小鸟?每天在生活的丛林里穿行,无论日子美好或苦痛,我们都要张开翅膀,向着前方飞翔,永不停歇。

2017 年 2 月 8 日于书房